JN056534

フォティア
（ティー）
レイシーと暮らす魔物
ウェイン・
シェルアニク
世話焼きな元勇者
レイシー・
アステール
国一番の魔法使いで、
暁の魔女と
呼ばれている

アレン
プリューム村に
住む少年
イノシシ(仮)
魔物。
名前はまだない

雷鳴が、響き渡った。
――この場に、落ちる。
瞬間、呪文を一秒早く切り上げた。
杖を掲げ、腹の底から振り絞った声を
空に向けて叩きつける。
真っ白に視界が染まった。
打ち勝ったのはレイシーだ。

〈1〉
雨傘ヒョウゴ
illust 京一
暁の魔女レイシーは自由に生きたい
～魔王討伐を終えたので、のんびりお店を開きます～

contents

The Dawn Witch Lacey Wants to Live Freely.

第一章 ● アステールの杖を握る

ごうごうと強い風が吹き荒れていた。

昼間だというのに明かりの一つさえも届かない曇天の下で、少女は身の丈ほどの杖《つえ》を握りしめた。深くかぶっていたはずの黒のローブのフードは吹き荒れる風の中にすぐさまさらわれ、流れるような黒髪があらわになる。

隠されていたフードの下の顔は想像よりも幼い。しかし今は強く唇を噛《か》みしめ、ヘーゼル色の瞳は眼前を強く睨《にら》んでいる。地響きのような声が響いた。

——命知らずな人間どもよ。

もしくは、大嵐の声か。

五人の男女は巨大な天災に立ち向かった。中でも小柄な影であるローブの少女は、いつの間にか土砂降りの雨に変わっていた雨風を吹き飛ばすが如《ごと》く、強く杖で地面を叩《たた》いた。

詠唱を口ずさみ、出来上がったいくつもの火の玉は水すらも蒸発させる。

通常の魔法使いであるのなら使う魔術は一つがせいぜいだ。しかし彼女は同時に複数の魔術を発動させることができる。少女が思うままに火の玉はうねり、彼らに襲いくる魔物を瞬時に食い散らかした。

「さすが、暁の魔女か！！！！」

The Dawn Witch Lacey Wants to Live Freely

まるで怒っているかのような大声だったが、これは彼の常である。大男は笑い、体に見合わぬ素早さで風のように眼前を駆け抜けた。

彼女は暁の魔女という二つ名にあまり納得はしていない。だから、平素であれば違いますと小声程度でなら呟《つぶや》くかもしれなかったが、何分そんな状況ではない。

異変を察しひそめていた眉をつり上げ、「巻き込まれないでください！」と男の背に叫ぶ。

そして同時に杖を掲げた。刹那、落雷――向かい来る嵐を弾《はじ》き飛ばすように、さらなる大規模な術式を展開する。同じく雷を叩きつけたのだ。爆風に男は吹き飛ばされ、強《したた》かに背を打ち付け咳《せ》き込んだ。

（威力が、足りなかった……！）

舌を打つ。これは彼女のミスだ。視界の端で現状を確認し、振り返ることもなく詠唱を重ねる。

少女の口元から響く詠唱は、もはや誰にも聞き取ることはできない。

詠唱は修練を重ねることで、一つの言葉が、いくつもの意味を有する。それをさらに重ね合わせる。演算、論証、試算、繰り返し算出。脳が擦り切れるほどの思考を加速させ、幾通りもの陣を作り上げ、展開する。

「レイシー、無茶をするな！」

精悍《せいかん》な声が響いた。

「お前は魔法使いだ、前に出すぎるな！」

眼前へ叩きつけられた突風を、金の髪の青年が切り裂いた。視線が絡まる。

「まったく、こんなときにあの筋肉の塊は……！　ブルックスに神の祝福を使用します！」

「こっちはレイシーの補助に回るよ！　ウェイン、いいかな!?」

ああ、とウェイン——金の髪の青年が頷《うなず》いた。ウェインの手には暗闇の中でさえも輝く剣が握られていた。

そして——。

＊＊＊

これは魔王を倒したときの記憶だ。

雑踏の中でレイシーははっと目を見開いた。

どうやらぼんやりと意識を飛ばしてしまっていたらしい。すでにもう一月も前のことだというのに。すっかりぼけてしまったかな、と自分の頭をぽこりと叩いた。

人の多さにはなんとか慣れてきたつもりだ。大きすぎる杖は邪魔だから、いつもよりも半分ほどのサイズにしている。その程度はお手の物だ。

歩いて、よたつく。なぜか人とぶつかる。レイシーは十五の年の割には小柄で痩せぎすだから、街の中を歩くのはあまり得意ではない。よく見れば可愛《かわい》らしい顔をしているものの、深くかぶったローブで目元はすっかり隠れてしまっているし、どこか暗い雰囲気はもとの良さまで隠れている。

「さあさあ、寄ってらっしゃい！　見てらっしゃい！　国を救った勇者パーティーの姿絵だ！　鋼鉄の戦士、光の聖女、暁の魔女、そして——勇者、ウェイン様だ！　見てごらんよ、この凛々《りり》しい顔つき。家に飾れば縁起よし、見目もよし、今を逃すともう手に入れられないよ！」

丁度レイシーが通り過ぎようとした店先だった。店主が姿絵を掲げて大声を出す。

途端に、わあ！　と背後の人々から期待に溢《あふ》れた声が飛び出た。レイシーは驚いて杖を握りしめ丸くなった。このところ街で流行《はや》っているらしく、誰も彼もと商人に向けて手を伸ばしている。特に勇者の姿絵は飛ぶように売れていく。なんせ金髪で翠眼《すいがん》の伊達男《だておとこ》だ。娘達《たち》は財布から少ない金を払って、きゃあきゃあと嬉《うれ》しげに駆けていく。

目の前で商売を始められてしまったものだから逃げることもできず、レイシーはただ邪魔にならないようにと小さくなった。こちらを乗り越えるようにどんどんと手が伸ばされ、おっかなびっくり視線を見回す。

「暁の魔女をおくれ！」

客の一人の言葉に、ぴくりと肩を震わせた。

渡された絵の中の女性はたっぷりとした赤髪を豪奢《ごうしゃ》に巻いたあだっぽい女で、それは見事な金色の瞳をしている。着ている服も露出が激しいが、絵の中の彼女はそれがよく似合っている……が、レイシーはさらに杖を両手で握り、あわわと慌てた。

レイシーの頭を乗り越えるように手を伸ばす男も、まさか彼女が暁の魔女だとは思うまい。

死にそう、と呟いた声は押しつぶされそうな現状だけではなく、過去も含めてである。実際のレイシーは赤髪ではなく地味でありきたりな黒髪だし、瞳だってあそこまでしっかりとした金ではなくへーゼル色だ。

暁の魔女、という呼び名は旅の途中で誰かが言い出したものだ。

鋼鉄の戦士、光の聖女と、街を越える度に新たな呼び名が増えていく。その中で、レイシーが魔術を使う様を見て誰かが言い表した言葉だった。

腰まである黒髪をなびかせて、小柄な体で身の丈ほどもある杖を抱えながらも繰り出す大規模な魔術はまるで夜が明けるようだ……という意味らしいが、残念ながらあまりわかりやすい呼び名とはいえなかった。勘違いされてしまった理由の一つはレイシーがいつも深くローブのフードをかぶって目立つ仲間達の陰に隠れるようにしていた、ということもある。

姿が見えない暁の魔女。暁というからにはきっと赤髪なのだろう、という想像からさらに本来の彼女とは遠くなり、羽ばたいた想像は大衆が好む姿にいつの間にか変わっていた。他の仲間達の姿絵は若干の差異はあれどそう遠くないはずなのに、レイシーだけがまるで別人である。だからこそ、こうして気にすることなく街を歩くことができているのだが。

残り一枚だよ！　と商人が叫ぶ声が聞こえたとき、レイシーは押しつぶされる前になんとか自身の財布を取り出した。

そうして小さな体で大きな荷物を抱えて目当ての場所へ向かって歩いた。

すると見覚えのある青年が腕を組みながら宿屋の前に立っている。

男は遠目からでもよくわかるほどに背が高い。近づくと、声をかける前にあちらがレイシーに気がついたらしい。腕をほどき、「ああ」と顔を上げて、すぐに眉根を寄せる。

「………レイシー、何を持ってるんだ？」

両手いっぱいに抱え、ずり落ちそうになる度になんとか四苦八苦して持ってきたものだ。

「みんなの、姿絵……」と伝えて、さらに落としそうになったところを片手であっさりと支えられた。レイシーはあまり人が得意ではないが、彼なら別だ。なぜなら一年もの間、一緒に旅をしてきた仲間なのだから。

「ウェイン、ありがとう」

ほんのわずかに口元を緩ませた。どういたしまして、と返答する青年の名はウェイン・シェルアニク。この国を救った、勇者その人であった。


レイシーとウェインは二人ベンチに並んでパンを食べた。

ハムとチーズが挟まれたシンプルなパンだ。レイシーは膝の上に置いた絵にパンくずを落とさないように、小さな口で少しずつ咀嚼《そしゃく》する。その様子をウェインはじっと見下ろしていた。

「なあ、その姿絵……」

「うん。売られていたから。みんなというにはちょっと足りないけど、これが一番そろっていたの」

「俺達と、ブルックスとダナか。二人とも王都から出発したからかな。じゃなくてだな、そんなにでかいものを持ち歩いて、こけたらどうする？　空間魔法を使えばいいだろうに」

「だって、空間魔法を使える人はそうそういないから目立ちたくはないし……。それに宿も近かったから」

ウェインの呆《あき》れたようなため息はレイシーには聞こえない。食べることに必死だからだ。ついでに姿絵を見つめた。

「……私以外みんな似ているけど、やっぱりちょっと違うね。ウェインはもっと男前だもの」

紙に描かれた青年はいかにも勇者然としていてきらびやかだが、実際はもっとどっしりとした、地に足がついたような落ち着きがある。それにどうしても絵筆では描ききることができないものもある。

現在ウェインは隠蔽魔法を使用しているため傍目《はため》には少しばかり地味な青年に見えているはずだ。そうしなければ広場は人で溢れてしまうだろう。

もちろんレイシーは魔術の看破はお手の物であるので、普段と何も変わっているようには見えないが。

「そういうことはいいんだ」

男前と言われた側は聞き慣れている言葉だからか、先程と同じく呆れたような顔をして、ひょいとレイシーの膝から姿絵を取り上げ小脇に抱えた。

「俺が持っているから、ゆっくり食べろ」

「うん」

もぐもぐと頬を膨らませる。広場の中にはゆったりとした時間を楽しんでいる大人や、噴水で涼を得ている子ども達がいる。レイシーが旅立った一年と少し前に比べると、平和になったものだと改めて感じた。

それはきっと、いいことなのだろう。

「……それで、ウェインはなんでここに？」

たっぷりと時間をかけてパンを食べ終わった後に、レイシーは小首を傾《かし》げた。

「お前に会いに来たに決まってる」

姿絵を抱えていなければ、いつもの通り腕を組んでじろりとレイシーを睨んでいただろう。

「それは——」

「生きているか不安になったんだ」

「………………」

なるほど、の言葉だった。

この一月の間に仲間は全員散り散りとなって故郷に帰っていった。王都に残ったのはレイシーとウェインのみで、レイシーは誰とも連絡を取っていない。

レイシーは魔術の修行なら何時間どころか丸一日、二日でもやり通してみせるくせに、どうしても自身の自堕落さから抜け出せない。いや、自分自身に興味がないともいえる。別に一食や二食抜いたところで活動に影響が出るわけではないのだから……と、いったようなレイシーを見かねて、いつの頃からかウェインが口うるさく監視をするようになった。ついさっきまで食べていたパンも彼が買い与えたものだ。

旅に出て痩せこけて帰ってくるどころか、わずかにふっくらとなり帰ってきたのはレイシーぐらいだ。

それでも同じ年頃の娘に比べればどこもかしこも細くて、ローブから覗《のぞ》くレイシーの腕を見る度にウェインは膝を揺らした。貴族としてはあまり品のいい仕草ではないが、彼も旅の中ですっかり毒されたと見える。

じゃあ、とりあえず生きているから大丈夫——と応えるだけですむ話かと思えば、ウェインは未《いま》だに不機嫌な様子である。

「……家も引き払ったんだって？　宿にいると聞いて驚いた」

「うん。身辺の整理をしようと思って。それにちょっと、一人っていうのも体験してみたかったし」

旅の途中なら何度も泊まり歩いたが、それはいつもウェイン達の後ろにくっついてのことだ。一人でとなるとまったくの初めてだから随分奇妙な気分だった。

「それでも、もっといい宿に泊まれただろう。報奨金をもらったろ？」

「だいたい寄付したよ。お金を持っていても何に使うわけでもないし」

「お前な……」

「でも、だいたいだから。ちゃんと手元に残しているから宿に泊まることができるし」

ちらり、とウェインが持つ姿絵に目を向ける。「ちょっとした無駄遣いもできる」このときレイシーの口元はほんの少しだけ、笑っていた。

「全部、終わったんだよ」

呟いた言葉は、レイシーとしてもなんとも不思議なものだった。

いつか来たるべきときのためにそうしろと命じられたから、ただ己の技量を磨いた。泥水をすするように生きて、残ったのはレイシーだけだ。

レイシーは孤児だ。魔術の才があるとして見出《みいだ》され、国一番の魔法使いと認められ旅に出た。けれども魔王という強大すぎる敵を打倒し、レイシーの旅は終わってしまった。

通り過ぎた風がレイシーの黒髪をなで上げる。

重っ苦しいローブを着たレイシーには僥倖《ぎようこう》の風だ。瞳をつむると子ども達の笑い声が涼やかに聞こえる。からころと可愛らしく響いて、今度は温かくも感じた。それを胸いっぱいに吸い込んで、そして――また実感した。

自分の旅も、人生の目的も、全てが終わってしまった。

レイシーはただ静かに、柔らかに子ども達を見つめた。ウェインはしばらくは口をつぐんでいたが、言いあぐねつつも、ゆっくりと伝えた。

「願いがないという言葉は、未だに撤回しないのか？」

魔王を倒し旅を終えたレイシー達には、報奨金以外にもそれぞれ一つずつ願いを叶《かな》えることを約束されていた。しかしレイシーは願いの権利を破棄した。仲間達にはもったいないと何度も説得されたものの、考えたところでレイシーには何の欲も、目的もなかったからだ。だから何もないとしか答えられなかった。

ゆっくりと首を振るレイシーを見て、ウェインは「そうか」とそれだけだ。そして先程よりさらに間を取って、静かに尋ねた。

「……俺の家に来るか？」

「えっ？」

「いや、俺の家というよりもシェルアニク家の別宅に客人として、ということになるけどな。俺自身は王宮に詰めていることが多いからあまり会うことはないと思うが、少なくとも安い宿屋よりもずっとマシだろ」

ちょっとだけ驚いてしまった。けれど続いたウェインの言葉になるほどと頷く。でももちろんそれも首を振る。

「別にずっと宿屋にいるというわけじゃないもの。多分、もう一月か二月くらい後には、私……結婚することになると思うから。ウェインには前に言ったことがあるわよね。公爵家のデジャファン家の、嫡男の」

「……言ってたな」

ああ、とウェインはぶっきらぼうに頷いてそっぽを向く。

レイシーがデジャファン家と縁を結ぶことになったのは五年ほど前だろうか。

類まれなる魔術の才があったレイシーはすでに頭角を現していて、魔王討伐の旅に出ることになるのはおそらく彼女になるだろうと囁《ささや》かれていた。孤児であったレイシーは使い捨てるには丁度いい存在でもあったのだ。レイシー自身も魔王討伐を目的として生きていたから別に何の文句もなかった。

もしレイシーが旅に出ることがなくてもその身が内に宿す価値は恐ろしいほどだ。より高い魔力同士をかけ合わせるため、レイシー自身ではなくその子どもを必要として婚約は結ばれた。

結局、レイシーは周囲の想像通りに魔族討伐の旅に出ることになり、見事魔王を打倒し生きて帰ってきた。デジャファン家当主はさらに箔《はく》がついたと喜んでいることだろう。

「この杖……」

大事に立て掛けていた杖をレイシーは見つめる。無骨な杖だが、しっかりとした木で作られたそれは、いつもひどくレイシーの手に馴染《なじ》んでいた。

「汚らしい、と言われてしまったわ。はっきりと口に出されたわけじゃないけどね」

婚約者は作られた笑顔とともに言葉をオブラートに包んでいたが、それでも伝わるものはある。けれど自分自身も悪いのだとレイシーは考えている。初めて婚約者と出会ったとき、どういった装いをして、どういった顔をすればいいのかまったくもってわからなかった。魔法使いとして出迎えられるのだからとレイシーなりの正装をしていったつもりが、貴族からすれば粗末なローブに身を包んだ子どもがやってきたと思われたのだろう。

一度目が失敗に終わってからさらに気をつけるようにしていたが、貴族と同じような服をそろえることはできないし、変化魔法で風貌を変えるにしても一応将来の結婚相手だ。いっとき変えたところで何の意味もないとすぐに気づいた。

そしてつい先日、魔王を倒し王都へ戻ってきて婚約者と久しぶりの顔合わせを行ったのだが、常日頃から持ち歩いているものだから、レイシーはうっかり杖をそのまま持っていってしまった。そしてくだんの状況である。

そのとき改めて理解した。レイシーは魔法使いとして招かれたわけでは、決してない。価値があるものはレイシーの魔力のみで、子を残すためだけに形ばかりの妻となる。

旅を終え、目的を終えた自身が行くべき最後の場所だった。

レイシーの右手には文様が刻まれている。孤児として拾われ、国のために生きるように、そして逆らうことができないようにと刻みつけられたものだ。幼い頃から当たり前のようにあったものだから苦痛には思わない。今だって目的地が少しばかり変わっただけだ。だからレイシーが王に願うことなど何もないし、お金を持っていても仕方がない。使う当てもないのだから。

ウェインはただ、そうか、とだけ呟いた。

姿絵を片方の脇に挟んだままそっぽを向いて脚を組み、頬杖《ほおづえ》までついている。

心配しているのだろう。ウェインは旅の途中でもいつだってそうだった。面倒見がよくて、ずっとレイシーを睨んでいた。別に怒っているわけではなく、ちゃんと飯を食べたか、服を着替えたか、風呂に入ったか——口うるさいほどにこちらを気にかけてくれた。

他人の面倒を見たこともないような名家の貴族の次男坊だろうにと最初は困惑したが、彼がそうせざるを得ないほどにレイシーがあまりにも自身に無頓着だったからだろう。

性別も年だって違うのに、もし母親がいるのならこんな人なんだろうな、と心の底で今もこっそりと思っている。

「実は私もウェインに会わなきゃと思っていたの。デジャファン家の人間になるんだったら、この杖をどうにかしなきゃいけない。でも魔力がこもっているから捨てるわけにもいかなくて魔術で燃やして処分するしかないんだけど、私自身じゃどうしても……覚悟が、足りないから。ウェインに燃やしてもらいたくて」

隠し持つことならもちろんいくらでもできるだろうが、それはきっと意味のないことだ。求められているものにレイシーはならなければいけないのだから。

「ウェイン以外にこの杖を燃やせるほどの魔術を使える人なんて、知らないから……」

うつむきながらレイシーが小さく続けた言葉はどうにも胸にくるものだった。

しかしウェインはそっぽを向いたままだ。

「断るね。大切なものなんだろう。それなら意地でも大切にしておけ」

言うと思った、とレイシーは笑ってしまった。多分これは折れない。頃合いを見て、もう一度お願いした方がいいだろうと意見は引っ込めることにした。

「で、どんな男だ」

「……何が?」

「お前の結婚相手だよ。公爵家の嫡男。ラモンド・デジャファン。名前は知っているけれど、それだけだからな。仲間の結婚相手なんだ。気になりもする」

母のチェックは厳しいらしい。レイシーは瞬いた。

「……どんな人、と言われても……どうかな。私も数えるくらいしか会ったことがなくて」

言葉の裏に棘《とげ》を感じることは多いが、それでもラモンドは表面上はにこやかだ。国から決められた婚姻であるから、歓迎しているような素振りをしなければならない。

旅の途中も幾度か手紙を交わしたが、互いにそっけないものだった。ウェインに尋ねられて、記憶の中を探っていく。まったくもって言葉が出ない。せめて外見の特徴を、と声に出して考えながら告げていく。

「……ええっと、髪は、金色だけど、ウェインほど明るくはないと思う」

「うん」

「瞳の……色は、私と少し似ているかな。でもヘーゼルよりも、濃いオレンジ色というか。私と魔力の質が似ているのかも。だから、婚約者としてあてがわれたわけだし」

「なるほど」

問いかけながらも、ウェインもあまり興味がなかったのかもしれない。視線はすっかり見当違いでベンチの後ろをじっと見つめている。

「それから、年は……え、ええっと、私より十くらい年上だったような」

「つまり二十歳も半ばってことか」

「そう。そうなる！」

情報量がこれで一つ増えたと、思わず声が大きくなってしまった。

はあん、とやっぱりどうでもよさそうな返事でウェインはレイシーを見ていない。なんだったの、と杖を抱え直して口元を尖《とが》らせた。

「つまり、あんな感じか？」

別に興味がなかったわけではなく、通り過ぎる人の中に気になる人間を見つけていただけらしい。ベンチの背へもたれレイシーも振り返り、ウェインが指差す先を見つめる。

「そうそう、あんな感じ――」

と、まで言ったところで言葉を失った。途端に口を閉ざしたレイシーをウェインは不思議そうに見つめる。

「レイシー?」

じっとレイシーは男を見つめていた。ヘーゼル色の瞳をぱっちりとあけて、小さな口元はきゅっと閉ざす。視線の先にいる男は笑いながら女に話しかけている様子だ。互いに随分距離が近いし、話しかけられている女の服はよくいえば開放的だ。悪くいってしまえば露出が多い。男がこちらを振り向いた。慌ててレイシーはベンチの背に隠れた。

「おい、まさか」

ウェインの声がにわかに硬くなる。

とりあえず目と一緒に口を閉じた。これ以上は何も言うまい。と、思っていたのだが、やはり気になってしまう。レイシーはそろそろともう一度顔を上げた。

「公爵家のご嫡男がこんなところにいらっしゃるだなんて……どうしたのかしら」

「……下町で、お忍びデートと、いったところじゃないか?」

ウェインの瞳はしらっとしている。

「……お友達かもしれないし」

かばうように告げた瞬間、ラモンド——レイシーの婚約者は女の腰を抱き寄せた。ウェインの目はさらにしらじらとしていく。

「随分、距離が近いお友達だな」

レイシーはラモンドと名前も知らない女の背中を見つめた。そうね、としか返答の仕様がない。レイシーは姿を隠しつつも彼らを見守ったが、そのまま二人は街の中に消えてしまった。


ウェインと別れたレイシーは宿屋のベッドに入り込みながら様々なことを思い返した。

デジャファン家に嫁入りしたところで形だけの妻になると自分自身でもわかっていたから、ラモンドと見知らぬ女性が歩いていた姿を見ても、それほどの驚きも、辛《つら》い感情もなかった。ただあるのは真っ暗な闇の中に体が沈み込んでいくような感覚だ。

それから一週間が過ぎた。別に何をしていたわけでもない。王都は生まれ育った場所であるはずなのに今までほとんど見て回ることもなかったから、ゆっくりと街を探索した。街は想像よりも広くて、見たこともある場所もよくよく見れば新たな発見に気づく。気づいた場所はさらにくまなく目に通す。これを繰り返した。

街の端から端までを見るとなるといつまで経《た》っても終わることなく、レイシーの小さな体では大変な作業だった。そして杖を握りしめて終わりまでの日々を数えた。

購入した姿絵は、宿屋の壁に立て掛けていた。

月明かりの下で姿絵の前に座り込みながらレイシーは仲間達の姿を見た。描かれた赤髪の女はどこをどう見てもレイシーとは程遠かったけれど、レイシーと同じ杖を持ち、堂々としていて立派な姿をしていた。

そっと静かに、絵の中にいる女に手を伸ばした。そのときだ、かたかたと音が鳴ったかと思うと、両開きの窓が勢いよく開いた。何者かはわからないが叩き返してやろうと杖を握りながら瞳を細めたとき、馴染みのある魔力であることに気づいた。

やってきたのは、小さな鳥だ。

上に、下にとふわふわと頼りなく飛びながらレイシーの指に止まる。ウェインの魔力を体にまとわせた鳥はよく見ると白い紙でできている。手紙を鳥のように折りたたみ、レイシーのもとへ飛ばしたのだろう。ウェインはときおりレイシーでは想像もつかないような面白い魔術を使う。

手紙に書かれた文字を確認し、レイシーもすぐに机に向かった。

持っていた紙に返事を書き終えてから少しだけ考える。

「……風の、魔術の……応用かな」

本来なら敵を切り裂いたり、攻撃を弾き返したりする魔術である。

「こんな感じかな？」

杖を使うことなく、くるくると人差し指を踊らせる。

するとぱたぱたと紙が折りたたまれ、開かれ、精巧な形の鳥に変わる。ぱちりとレイシーが指を鳴らすと、驚くべきスピードで鳥はあけ広げられた窓からウェインのもとへ飛び立った。

返事は明日になるのだろうか？

夜の街に飛ぶ小さくなった鳥の姿を見送り、ウェインからの手紙を読み返した。口うるさい言葉が並んでいるが、ようはレイシーを気遣うものばかりである。

彼らしいな、と勝手に口元がほころんでいた。

「正直、魔族からの襲撃かと思った俺の気持ちがわかるか？」

嫌な予感がしたんだよ、とウェインは続ける。

「夜中に窓をあけたらな、豪速球で何かが飛んできたんだ。それは俺の頬をかすめて壁に突き刺さっていた。わかるか？　犯人はお前だよ！　たしかに最初に魔術を使って伝達したのは俺だがね、お前と俺じゃ魔術の才能が段違いなんだから、同じものを使えば大変なことになるってわかるだろ!?」

「ご、ごめんなさい……」

「そもそも普通は、初めて見たオリジナルの魔術をその場で使いこなす、なんてことはできやしないんだがな……」

ウェインがぶつくさと呟いているので、レイシーはただ恐縮するように肩をすぼめた。

あのときウェインから受け取った手紙の返事に、レイシーは再度願い事を書いた。次の日返ってきた返事は随分しぶしぶといった様子だったけれど、呼ばれるままに王宮に向かった。手紙にはウェインの名前で発行された許可証も添えられていた。レイシーの顔は警備の兵士にもあまり知られてはいないのだ。

王宮には何度か足を踏み入れたことはあるものの、自分とは打って変わってのきらびやかさである。そのまま消えてしまいそうになっていたところをウェインに救出され、なんとか隣を歩いている。

今の彼は以前街で会ったときのように隠蔽魔法を使用してはいない。レイシー以外にもすっかり素顔を晒《さら》しているわけだから、自分ではないとはいえ集まる視線にそれはそれで緊張する。小さくなった。

「レイシー？」

「……はうい」

「何やってんだよ。そうじゃなくて、本当に燃やしてしまっていいのか？」

それはレイシーの願い事に対してだ。

ウェインにレイシーが願ったことは杖を燃やすこと。この間は断られてしまったが、もう一度お願いをすればきっと重たいため息をつきながらになるだろうけれど、受け入れてくれると思った。

結果はやはり想像通りで、わざわざ王宮までやってきた理由は街中で大規模な魔術を使うわけにはいかないという配慮だ。

もちろん――と、返事をしようと思った。杖を掲げて頷く……はずが、どうにも首が動かない。

覚悟はしている。ただ言葉にするとなると、少し違う。立ち止まって足元を見つめた。ウェインも忙しい中、時間を作ってくれているのにと思うと、申し訳ない気持ちばかりが広がる。

だからはっきりと言わなければいけない。

お願い、と告げようとしたとき、「あら」と鈴を転がすような声が聞こえた。

幾秒かの間の後、すぐさま反応したのはウェインだった。左胸に拳を当て、居住まいを正す。

「久しぶりですね、ウェイン。凱旋式《がいせん》ぶりになるのでしょうか？」

「ええ。王女様もお変わりなく」

アリシア・キャスティール。

クロイズ国の第一王女だ。ピンクブロンドのきらびやかな髪の毛に、愛らしい顔立ち。所作の一つでさえも美しくて、その場にいるだけでも華になる。レイシーも彼女と顔を合わせるのは初めてのことではない。けれど思わず距離をあけて彼らを見つめてしまった。

堂々たる風貌に溢れた、この国の勇者であるウェインと王女であるアリシア。なぜかひどく恥ずかしくて居づらさを感じた。まるで別世界のようだ。

そろりそろりと一歩いっぽ下がって逃げようとしていたところ、「こちらの方はどなたかしら？」とアリシアは可愛らしく小首を傾げた。

ウェインは静かに間をあけてから返答した。

「……魔王を倒した仲間の一人です。暁の魔女といえばおわかりになりますか？」

「あら、あらあら、まあまあ！」

驚いたような声色だが、もちろんレイシーとアリシアは互いに面識はあるはずだ。

「随分姿絵と違う姿でいらっしゃるのね！」

だから口元に手を当てて、ころころと笑うアリシアの意図がどういったものかレイシーにはわからなかった。ただレイシーは杖を握りしめて、身を縮めることしかできない。

ウェインは瞳を細めしらじらとした瞳で王女を見つめていた。

「……それよりも王女様、侍女の一人も付けず、なぜこんな場所に？」

いくら王宮といえども、そうそう王族が一人で出歩く場所ではない。

ウェインの言葉にアリシアは瞳を丸くした。そして白い手袋に包まれた人差し指をそっと自身の口元に当てて、微笑《ほほえ》んだ。


「一体なんだったんだ？」

それでは失礼するわね、とするりと消えてしまった王女を見送り、ウェインは眉をひそめた。

「……綺麗《きれい》な方だったわね」とレイシーが呟くと、「どこがだ」とウェインは吐き捨てた。

「それになんだあの仕草は。秘密です、とでも言いたいのか？　こっちは別にそこまで興味もないんだが」

「ウェイン、聞こえる、聞こえるから……」

「とっくに消えてるよ。見かけのわりに足の速い王女様だ」

あれは逃亡し慣れているな、と頷いている。どうなのだろうか。

「……でも、行ってしまったけどいいの？」

「俺の仕事ではないよ。それよりこっちだ。どうする」

もともとの予定のことだ。杖を燃やしてもらうために、ここまでやってきたのだから。

今度こそと言い切ろうとして、「お、おねがい、すりゅわ！」と舌を噛んだ。思いっきり唇を噛みしめた。耳の端まで赤くなっているような気がする。両手で杖を握ってウェインに突き出し、顔は必死に下を向けた。

言葉にするのならば、ただ恥ずかしいという気持ちばかりである。

ウェインがついたため息にぎくりとして謝ろうとしたとき、「まだ、時間はあるしな。ちょっと散歩でもするか」とウェインはぽんとレイシーの頭に手を置いた。

レイシーは少し迷って、ゆっくりと頷いた。

王宮には隣接するように庭園が広がっており、溢れる緑の中を歩いていると硬くなってしまった気持ちが少しずつほぐれていくのを感じた。

会話はなかった。けれどゆっくりとした空気を胸の中に吸い込んでいるうちにいつの間にか気持ちは落ち着いていた。

「ありがとう、ウェイン。もう大丈夫」

「……いいんだな？」

これ以上は確認しない。けれども何度も深呼吸を繰り返した後に、うん、とはっきりと頷いた。

そのときだ。唐突にウェインに抱きしめられた。

何があったのかと驚いて声を上げようとしたが、口元も彼の手で塞がれている。木の幹に押し付けられ、目を白黒させながら周囲を見回した。

そしてレイシーも気がついた。ウェインと目を合わせ頷くと、そっと手のひらを放された。見覚えがある男女が木々に隠れるようにして何かを話し合っている。

――ラモンドと、アリシアだ。レイシーの婚約者である彼と王女がなぜ、と困惑した。二人は仲睦《むつ》まじい様子で、どうにも距離が近い。間違いなく、口づけを繰り返していた。

「……ふざけてんのか？」

怒りをあらわにしたウェインの服の裾を摑《つか》んだ。そうしなければ今すぐに飛び出してしまうと思ったからだ。

レイシーはといえば驚きはしたが、それ以上に冷静に事態を理解している自分自身に驚いた。先日の見知らぬ女性とのデートを目撃してしまったからということもある。こんなものだろうと思ってはいた。けれど相手が王女となると話が違う。浮気相手としてはあまりにも立派すぎるお相手だ。

杖をしっかりと両手で握りしめる。ウェインにはここにいてというように視線を向けた。彼はしぶしぶといった様子で頷く。

ゆっくりと息を吸い込み、覚悟を決めて足を踏み出した。

「……あの！」

レイシーのか細い声は、想像よりもよく通った。

彼女の声にラモンドとアリシアははっと互いに距離を取った。必死に声の主を探しているようだ。まず気づいたのはラモンドだった。黒いローブを着て所在なげに小さくなる彼女の姿を眉をひそめて見つめ、レイシーと理解する。

アリシアもレイシーがラモンドの婚約者であることを知っているのだろう。今考えてみると先程の笑みはわかっているからこそのものだったのかもしれない。

「レイシーじゃないか。奇遇だね、どうしてこんなところに？　王女様とは偶然ここで出会ったばかりなんだよ」

レイシーが彼らの様子を見ていない、もしくは見ないふりをすると踏んだのだろうか。ラモンドは以前と変わらず朗らかな笑みを顔に貼り付けた。見る度に寒々しい笑みだった。けれどいくらレイシーだとしても、そんなものにごまかされるわけにはいかない。

「ラモンド様、全て拝見しておりました。……そちらにいらっしゃるのは、王女様とお見受け、します。私は、あなたの婚約者で、その、つまり、これは、浮気、と……」

うまく言葉が出ない。

相手は一国の王女だ。その場限りの勢いでの話だったではすまされない。そのことがわかっているのか、と問い詰めたかったはずだ。

「浮気、だと!!」

それよりもレイシーの言葉を聞いた途端、豹変《ひょうへん》したように大声を出すラモンドに驚いた。

「今、浮気と、そう言ったか！　私と彼女は、たしかに愛し合っているというのに！　婚約者などとよくも言えたものだ！　貴族としての家名もなく、ただの孤児で、あるものは高い魔力だけ、お前と結婚しなければならぬと父から聞かされたときは絶望したものだよ！」

この婚約にレイシーの意思はない。むしろラモンドの父であるデジャファン公爵が望み、とりつけたものだと聞いている。

レイシーは瞬きを繰り返した。ラモンドは顔を真っ赤にして唾を飛ばしていた。その様を王女はうっとりと見つめている。

「私はアリシア様を愛している！　愛のない結婚に、一体なんの意味があるというんだ！　レイシー、お前のように背も低く、可愛らしさもない肉の付きも悪い女など抱けるものか、ぞっとする！　私はお前とは結婚しない、耄碌《もうろく》した王が決めた婚約など必ず破棄してみせる！」

長年の積もり積もった感情が弾け飛んでしまったのかもしれない。ラモンドはアリシアの腰を抱きとめ、はっきりと言い切った。

そのときだ。耐えきれなくなったのだろう。苛立《いらだ》ちを隠すことなく、木の陰からウェインが姿を現した。アリシアとラモンドはウェインの姿を目に留めた途端に瞳を白黒とさせた。その場にいるのはレイシーのみだと思っていたらしい。気の弱い魔法使いの一人程度、どうにでもなると考えていたのだろう。

ウェインが翠《みどり》の瞳を細め、ギロリと睨みを利かせると二人は泡を食ったように逃げ出した。レイシーはただその姿を呆然《ぼうぜん》と見つめた。けれど隣で怒りに拳を震わせているウェインの十分の一すらも、何の感情も覚えていない自分に驚いてもいた。

「まあ、何も間違ったことは言ってはなかったわね……？」

「何もかもが間違いだらけだったろうが！」

レイシーが同じ年頃の娘よりも背が低く肉付きが悪いことは間違いのない事実だ。それにいくら魔力が高かろうとも孤児と結婚するとなると、彼の中のプライドが許さなかったのだろう。

それよりもどうしたものかとレイシーは途方にくれた。彼女の右手には文様が刻まれている。これは生涯国に仕えるようにと刻まれた契約紋で、魔力の強い子どもを残すことも契約の一つであるからだ。

つまりラモンドとの婚姻はいくらラモンドが嫌がろうとも、どうしようもないものでもある。

レイシーはため息をついていたが、ウェインは自身の額に指を当てながら何かを考えている様子だった。

「……なあレイシー。ちょっとばかり、この話は俺に預けてくれないか？」

「え？」

「もちろん、いいよな」

押し切られるように頷くと、ウェインはそれはもう嬉しそうに笑っていた。

まるでいたずらっ子のようだ。伯爵家の、間違いなく貴族である青年だが、一年の旅の中ですっかり毒されてしまったように思う。

楽しみだな！　と笑っていたウェインは、レイシーが考えるよりも恐ろしく早く舞台を整えた。なんと国王までも巻き込みレイシー達を玉座の間に呼び出したのだ。

玉座の間は独特の緊張感に満たされていた。

この場に来るのは一ヶ月と少しぶりだ。まったくウェインの目的がわからない。尋ねたところではぐらかされてしまった。レイシーの隣にはウェインが、さらにその隣にはラモンドが所在なげな様子できょろきょろと周囲を見回していた。

眼前には玉座に座りながら、こちらを見下ろすクロイズ国王その人がいる。たっぷりとした白い髭《ひげ》を片手で触りつつ、レイシー達を睥睨《へいげい》していた。王の背後にそっと立つアリシアは口元には笑みを浮かべてはいるが、やはりどこか落ち着かない様子だ。

「それで、ウェイン。勇者たっての願いと聞きわざわざ時間を作らせたが……そこにいるのはデジャファン家の嫡男ではないか。一体なんだというのだ」

ラモンドは、ぎくりと肩を震わせた。

「ええ。彼はここにいるレイシー、暁の魔女の婚約者でありますが、どうにも他に愛し合った女性がいるとのことで」

「何?」

王はふっさりとした眉毛の端をわずかに動かす。王からの視線を受け、ラモンドはびくりと体を小さくさせた。

「デジャファン家と暁の魔女との婚約はお前の父である公爵が願い、そして私が許可をした。それを、反故《ほご》にしたいと申すか?」

「お取り違えのないようにしていただきたい。私は決して彼を非難するためにこの場を作ったわけではありません。ただ彼らは純粋に愛し合っているとのことですから、事実を告げ、弁明の機会を与えてやってもいいのではないかと思いましてね」

ウェインの言葉にラモンドははっと顔を上げた。

そして声高に語った。

「クロイズ王！　私は、そちらにいらっしゃるアリシア様に心を奪われてしまったのです！　そして、私とアリシア様は互いに愛し合っております……！　これは純粋たる想《おも》いです。レイシー様には大変申し訳なく思いますが、どうか、私と彼女の婚約を破棄することをお許しいただきたく存じます！」

「ラモンド様……！」

口元を押さえ目頭に涙を溜《た》めながら震える娘の姿を見て、父王はラモンドの言葉に間違いがないと思ったのだろう。片眉を上げ、ううむと唸《うな》りながら玉座の肘掛けを摑んだ。クロイズ王のアリシアへの寵愛《ちょうあい》はそれこそ目に入れても痛くはない可愛がり方だといわれるほどで、いつも好き勝手に望むアリシアの願いを受け入れるばかりだった。

レイシーはウェインの思惑に気づき、なるほどと頷いた。アリシアとラモンドの関係がただの浮気相手なのだから問題なのだ。二人が正式な婚約者となれば何の問題もない。

アリシアは、「お父様、彼の言う通りよ、私とラモンド様は愛し合っているの。どうかお許しくださいな」と涙ながらに訴え、王は呻《うめ》き声《ごえ》を繰り返している。

王を後押しするように、「そうそう」とウェインは腕を組みながら頷いた。

「彼も、先日はこう言っていましたから」

——私はアリシア様を愛している！　愛のない結婚に、一体なんの意味があるというんだ！

ひゅるりと風が吹くと同時にラモンドの声が高らかに響き渡る。ウェインの魔術なのだろう。相変わらず変わった魔術を使う人だとレイシーは思った。風の魔術で音を覚えさせ、再現しているのだ。

「たしかに……そう、かもしれんな」

折れる、と感じた。

アリシアとラモンドは瞳を輝かせた。もしこの場に二人の距離がなければ、互いに手と手を取り合っていたに違いない。そして続く。

——レイシー、お前のように背も低く、可愛らしさもない肉の付きも悪い女など抱けるものか、ぞっとする！

「おっと」

ここまで流すつもりはなかったんだが、と言いたげな芝居がかった仕草だった。

室内では、長い沈黙が落ちた。

「……まさかこれは、この国でもっとも価値のある魔法使いに告げた言葉というわけではあるまいな？」

静かに呟かれた王の言葉に、ラモンドは壊れたおもちゃのように何度も首を上下にさせた。しかしもちろんこれで終わりであるわけもなく。

――耄碌した王が決めた婚約など必ず破棄してみせる！

まるで静かな風が通り過ぎたようだ。

静寂が壊れたとき、王はみるみるうちに顔を真っ赤に染め怒声を吐き出した。そして即座に飛び出した兵士にラモンドは引きずられながら連れ去られ、アリシアは悲鳴を上げている。

場は恐ろしいほどに混乱を極めていた。

そんな中レイシーはただただ呆然として立ちすくんではいたが、必死に声を押し殺しつつも、腹を抱えて笑っている勇者の姿に、気づいてはいた。

＊＊＊

こうして、レイシーとラモンドの婚約は白紙となった。

ラモンドが連れ去られた後も、「彼には随分仲のよろしい女性のお友達がいらっしゃるようですね」とウェインから落とされた、まるで爆弾のような発言にその日は改められることになってしまったのだ。

クロイズ王はあらん限りの手段を使い、数日のうちに彼の所業を調べ尽くした。

結局、ラモンドには数多くの遊び相手と呼ばれる女がいたらしく、アリシア自身も浮気相手の一人であったのだろう。

それを知ったアリシアの心境は察するに余りある、とレイシーは重たいため息をついた。

王女である彼女の心を射止め、口説き落としたその言葉は、数々の出会いの場で得た経験があってこそのものであったのだから――。


「はあ……色んなことがあったわ……」

レイシーはふわふわの草木の中に座り込んだままぼんやりと川の流れる音を聞き、ここ数日の目まぐるしさを思い出していた。

破棄された婚約の事後処理、ラモンドの調査への裏付け、事実確認。

ラモンドの父であるデジャファン公爵からは腰が折れんばかりの謝罪を繰り返された。レイシー自身がどう思おうとも、周囲にとって国一番の魔法使いというものはそれだけ重要な存在なのだろう。

「自分で言った言葉がそのまま返ってきたんだ。責任くらい取れという話さ」

隣ではウェインが口を尖らせて自分の髪の毛をくしゃくしゃにさせている。

「王女に手を出すだなんてまずもって理解できないな。見通しが甘い。風貌も言葉も軽薄すぎる」

それから彼なりのラモンドの気に食わない点を、さらに一つひとつ挙げていく。

どう聞いていいものかと困ってしまったが、「そもそも、名前が気に食わない。なんだよデジャファン家って。レイシー・デジャファンなんてまったくもって似合いもしないぞ！」と、とうとう家名にまで口を出すものだから、笑ってしまった。

そしたら、ぽろりと一粒涙がこぼれていた。

レイシー自身も驚いた。ぽとり、ぽとり。声を上げて泣いているわけではない。ただ静かに頬を涙が滑り落ちた。

その姿を見て、思わず狼狽《ろうばい》したのはウェインだった。いつもの余裕を作った顔もどこかに落として、「いや、あの言葉はひどかったものな！」とレイシーをフォローするかのように必死に両手をあわあわさせている。

「だいたいな、あいつにレイシーはもったいなかったんだよ、レイシーは間違いなく可愛いから気にすんな。どうせあいつの前で笑ったこともないんだろう」

たしかにその通りだ。けれども、そんな関係しか築くことのできなかった自身に非があるとも考えている。

「あんなやつの言うことなんてスライムに嚙まれたくらいに思って忘れろ！……しかし肉付きはたしかに悪いかもな。もうちょっと食えよ、今度一緒に飯に行くか」

頷こうとして、泣き笑いのようにぐしゃぐしゃになって杖を抱きしめていた。

その間もウェインは必死にレイシーを慰めた。けれども本当に申し訳ないことに、決してラモンドに心無い言葉を突きつけられたことが悲しくて涙を流しているわけではなかった。背も低く、可愛らしさもない。それはただの事実なのだから。それよりも、ただ、ただ、レイシーは。

ほっと、していた。

あまりにも体が軽かった。ぐずぐずになって、大事に、大事に杖を抱きしめていた。これには、友と呼べる彼らと、一緒に旅をした思い出が詰まっている。燃やしてしまうなんて嫌だった。魔王を倒す。ただそれだけのために生きて、子を残すために死ぬのだと思っていた。だから否定をする気も逃げる気もなく、ただ粛々と命じられるままに求められる道を歩むのだと思っていた。それが、どうだろう。

大声を上げて、子どものように泣きわめいて空を見上げた。そうして少しずつ自分の心を知った。魔術しか知らない世間知らずな自分が旅などできるのだろうかと不安だった。ともに旅立った彼らと初めはぶつかることもあったけれど、いつしか大切な仲間になった。レイシーが知らないことを教えてくれた。

姿絵を買ったのは、本当は寂しくて。絵の中に描かれていた赤髪の彼女はレイシーとはかけ離れていたけれど、そんなことはどうでもよかった。しっかりとした女性で、真《ま》っ直《す》ぐに前を見る、目が覚めるほどの鮮やかな赤い髪をもつ暁の魔女、レイシー。

……そうなれたら、どんなにいいだろう。

ウェインに告げた身辺の整理をするために家を引き払ったというのは事実だ。デジャファン家にはどうせ何も持っていくことはできないと思っていたし、幼い頃から住んでいた家はレイシーが手に入れたものではない。クロイズ国の魔法使い、レイシーを捕らえるための檻《おり》だった。

仲間達と旅をして、手を引かれて、知らないものに触れて、世界は広いのだと知った。

レイシーは常識なんて何も知らない。

ただ生まれ持った魔力を磨くため、そのためだけに生きてきた。

怖いと思う気持ちは次第に驚きに、わくわくとした高鳴りに変化した。

それなら、一人ならどうだろう。自分一人きりでも、宿を借りることができるだろうか。知らないというのなら、せめて街を見てみよう。残り少ない時間でできることをしよう。この目で見よう。

いいや、見たいのだと。

ぼろぼろとこぼれる涙は、どこまでも止まることなく、視界を滲《にじ》ませた。

唇を震わせて、喘《あえ》いで、幼子のように泣いた。生きたい。一人で、生きたい。どこまでも、どこまでも、自分の足で歩いて、誰かに縛られることなく、生きてみたい。

「あ、うあ、あ、あー……」

そんなことを思うなんて、許されるのだろうか。

ウェインはただ、どうすることもできずに泣き叫ぶ彼女を見つめていた。

言葉にすることもできない感情を泣き叫んでいるのだろう、と理解して、思わず抱きしめてしまおうかと思った。でもそんなことをすることもできず、せめて彼女の涙を拭いたかった。手を伸ばす。指先で彼女の涙を拭う、ただそれだけなのに、できなかった。

直前まで伸ばされた手を強く握りしめ、代わりとばかりに指を打った。しゅるりと小さな風が吹き、レイシーの目尻を優しくなでる。

こぼれた涙が宙に浮き、水玉を作って泳いでいた。

瞬く度に、ぽろぽろ、くるくる……。

驚いて涙が止まってしまった。ウェインを見ると彼はお得意のいたずらっ子のような顔をして、「はは、成功したな」と口元をにやつかせている。

もちろん、それが彼の照れ隠しであることはレイシーにはわからない。

「俺は子どもの頃はあまり魔術が得意ではなかったんだ。そこで少しだけひねくれて、大したものが使えないなら、大した悪戯《いたずら》に使ってやろうとそればかり考えていた」

そう言った後で、やはり気恥ずかしさがあったのか口をつぐんだ。

レイシーからすると彼が妙な魔術を使う理由をやっと理解できたという気持ちだ。魔術を使う貴族は大抵がプライドも高く、ウェインのような使用方法はまず考えもしない。

「……こんな悪戯なら、とても楽しい気分になるね」

「そうかね」

「そう。うん、そう。ねえ、ウェイン」

なんだ、と腕を組んでそっぽを向かれたままぶっきらぼうに声を落とされる。

けれども一年という時間でレイシーは彼という人を知ったから、なんてことも気にならない。

「私、願い事が一つできたの。もちろん、杖を燃やすということ以外で」

ぴくりと彼は眉を動かした。

「――一人で、生きていきたい。誰にも縛られることなく、ただのレイシーとして生きていきた

い」

　自分でも驚くほど、すんなりと言葉が出ていた。

　そうか、とウェインは頷いた。

「お前がそれを求めるのなら、俺はいくらでも力を貸すよ。胸をはれ、大丈夫だ。真っ直ぐに、前を見ろ」

　今度は、ウェインもしっかりと片手を出すことができた。レイシーは彼の手を取りながら、ゆっくりと立ち上がる。

　わずかに湧いた勇気は、少しずつ大きくなる。

　ただ真っ直ぐに、前を向き、進んでいく。

＊＊＊

「クロイズ王、僭越《せんえつ》ながら、今一度、願いを告げることを……お許しいただけます、でしょうか！」

　途切れ途切れになりながらも、重たいフードを上げて、レイシーははっきりと声を出した。

　ラモンドとアリシアの騒動から改めるとされていた場だ。

　まずクロイズ王はラモンドの発言に対する謝罪を告げた。彼が今後どのような罰を受けるのかということも続けられたが、そんなことはレイシーにとってもどうでもいい。

　震えながら声を上げたレイシーの顔を見つめ、許す、と静かに王は頷いた。

「以前、私は魔王を倒した褒美として与えられる願いを……何もない、と告げました。けれど、やっとその願いに気づきました。私は、生きたい。一人で、誰に頼ることもなく、自分の力で生き抜きたい。……契約紋の解除を、私は、願います！」

叫んだ。そうして恐ろしくて顔を上げることもできず、杖を握りしめ、がたがたと震える手足を見つめた。

どれほどの間があったのか、それとも、ただの一瞬であったのかわからない。

ただ、王は一言。許す、と。

「……暁の魔女、レイシー。十五年の長き月日を、よくぞ仕えてくれた。お前に、新たな名を与えよう。レイシー・アステール！　夜と暁の間である星の名を、その体に刻め！」

まるで幾重にも重ねられた薄い硝子《ガラス》が壊れ落ちるように、弾け飛んだ。

重く、レイシーを縛り付けていた文様は蝶《ちょう》のように紐解《ひもと》かれ、わずかな光を伴い消えていく。

あまりにも、右手が軽かった。嬉しくて、たまらない。そのはずなのに、恐ろしくて立っていることもできない。なぜなら当たり前にあったものが消えてしまったのだから。

それでも静かにこぼれた涙は温かなものだった。隣ではウェインがあたかも自身のことのように胸をはって、嬉しげに笑っていた。

まるで全てが嘘《うそ》のようだ、とレイシーは小さくうずくまって座りながら考えた。レイシー・アステール。それが新しい彼女の名で、星の名前だ。

王との対談の後、ウェインはレイシーの背を叩きにんまりと笑っていた。だからレイシーも笑った。けれど不安もある。

今までは言われるがままに生きていればいいだけだった。けれどこれからは違う。自分の足で真っ直ぐに立たなければいけない。だというのに、レイシーに何ができるというのだろう。人より優れているのは魔術だけで、それも魔物を相手にしなければ何の意味もない物騒な力だ。

——王からは餞別《せんべつ》として、王都から少し離れた場所に家をもらった。

そこはゆったりとした土地で、ひどく落ち着く場所だと思った。けれどもともと人付き合いが得意なわけでもなく引っ込み思案なレイシーだ。そうそうに小さくなって座り込んでいるという次第である。

畑を耕している最中らしく、目の前では少年がクワを持って、えいやえいやと必死に汗を流している。頑張っているなあ、とローブのフード代わりに選んだ大きな帽子のつばを引っ張って、さらに小さくなった。まずは第一歩として、黒尽《ず》くめのローブを卒業しようと思ったのだ。

帽子のつばの部分には目立たない程度の花の刺繍《ししゅう》がほどこされていて、足元は膝丈のスカートに穿《は》き替えた。新たな服装は変わりたいと願うレイシーの気持ちの覚悟のようなものでもあったが、それでもやっぱり顔は隠していないとむずむずする。

帽子の隙間から縫うようにぼんやりと少年を見つめていると、ふと彼はレイシーを見上げた。

「おおーーい」

しかもなんだか手を振っている。

自分以外の人だろうかと思って、くるくると周囲を見回した。

「そこだよ、そこ！　あんた！　でっかい帽子をかぶってるやつ！」

間違いなくレイシーだった。

「な、なあに！」

帽子を脱いで、抱きしめて、頑張ってみた。少年は今度は両手を振ってレイシーに大声で話しかける。

「あんた、魔法使いだろー!?　それなら、手伝ってくれよ！　魔術って、俺達ができないことをできるんだろー!?」

おっかなびっくり、少年のもとへ歩いていく。

深呼吸をしつつ、まずは疑問を投げた。

「な、なんで私が魔法使いってわかったの？」

「だって、変な杖持ってるじゃん。ここらへんじゃちゃんとした魔術を使える人なんていないけどさ、魔法使いってそんな感じなんだろ？　さすがにそれくらいは知ってるよ」

レイシーは今も手放しきれない杖を持ちつつ、自分に苦笑した。

「……それで、手伝うって？」

「見りゃわかるだろ？　畑を耕してるんだよ。本当ならもっと広くしたいんだけど、木が邪魔で俺一人じゃ一生無理なんだよな。こんなんじゃじいさんになっちまう」

なるほど、とレイシーは辺りを確認した。

少年が言う場所の周囲には草木が広がり、大きな木も立派に腕を広げている。とはいっても魔術は万能というわけではない。期待をさせる前に、無理だよと伝えてしまおうと思ったとき、本当にそうだろうかと首を傾げた。

レイシーが持っている力は人や魔物を傷つけるものだ。魔術とは本来そういったものである。けれどウェインは違っていた。幼い頃は今よりもずっと悪戯小僧だった彼は、自由な発想でレイシーには知らない魔術を見せた。丁度、レイシーの涙をすくいとったときのように。

「……後ろに、下がっていてね」

考える。

息を吸い込む。杖を掲げて、呪文を口ずさもうとして、やめた。下手に大規模な魔術になってしまっては敵《かな》わない。頭の中でイメージをする。——まるで、ウェインの風のような。

＊＊＊

「お、おお？」

その光景を目にして少年はただただただあんぐりと口をあけた。

「おんぎゃあああああーーー!?」

わなわなと震えつつ、やっとのことで吐き出した声がひっくり返ってしまうほどの大声になってしまったのは仕方がないと思わないでもない。

なんせ、めきめきと音をたてながら木々がゆっくりと浮かんでいくのだから。

あれだけ少年の邪魔をしていたはずのそれがあっさりと浮かび上がって、少女がすい、と息を吸い込むと横倒しになる。

草木はまるで意志を持つように消えて眼前には広々とした土地が広がっている。

砂利だらけで、父親と文句をこぼしていた畑だった。なのに細かな石がするりと浮かび上がり、少女が片手に持つ逆さにした帽子の中に次々に吸い込まれていく。

一体何が起こったのだろう。

いつの間にか少年が腰を抜かしてしまったとき、重力を忘れていたはずの石が、ずしんと重たく帽子ごと地面に落ちた。

「うぐう！」

そして少女もそのまま畑の中に倒れた。慌てて駆け寄った。

「だ、大丈夫か……!?」

「う、うん、びっくりしたけど……空間を把握して風と組み合わせることで、浮遊魔法、というものを作ってみたんだけど、そうだよね、魔術が切れたら、そりゃ重たくなるよね……」

「何を言っているか全然わかんねえよ……」

とりあえず、軽かったはずのものが重くなってびっくりしたという意味だろうか。

小さくて、自分よりも少し年が上の普通の女の子に見えるのに、魔法使いとは不思議なことができるのだなと驚いた。彼女は少年を見ている……と思えば、それよりもずっと先の何かを見ていた。

なんだろう、と一緒に上を仰いで見る。空だ。

真っ青な空を、少女はまぶしげに瞳を細めて見つめている。

「……私に、何かできることがあるかな。何もできないと思っていたけれど、そんなことないのかな。あんまりにもからっぽな自分が、すごく嫌だったんだ。だから、そうだな。役に立つ人間に、なりたいな……」

畑に転がったまま、体中を土だらけにして言う言葉ではないような気もした。それに彼女が何もできないというのなら誰だってそうなってしまう。

そもそも魔法使いなんて初めて見たから、彼にその気持ちなんてわからない。でもまあ、一つ言えることは。

「そんなことよか、礼を言わせてくれよ！　ありがとうな、めっちゃくちゃ助かった！」

少年の言葉を聞いて、少女はまるで泣き笑いのような顔をした。

ヘーゼル色の瞳をわずかに細めて、笑った。でも、やっぱりちょっとだけ泣いていた。

第二章 ● 新たな始まり

The Dawn Witch Lacey Wants to Live Freely

暁の魔女と呼ばれる少女、レイシー・アステール。

彼女が王都から徒歩で三日ほどあるプリューム村に少ない荷物を抱えて引っ越したのは一週間と少しほど前のことだ。

自由に生きたいと願ったレイシーが最初にしたことは、頼まれた開墾作業だ。そのとき、不思議な感情が体の中を駆け抜けた。

レイシーは自分一人では何もすることができない女だと思っている。

なんせ何の意志もなく、命じられるままに生きてきたからだ。けれどもウェイン達《たち》と旅をするようになって、彼女の中にほたほたと静かな水が流れ込んだ。それは少しずつ知らない間にたっぷりと体に染み込んでいて、彼女を生かすものになった。

だから次はレイシーの番だ。

あるのは磨いた魔術の腕だけ。物騒で、戦いの場でしか役に立たない力だ。そう思っていたけれど、もしかすると何かできることがあるんじゃないだろうか……？

「それなら、店か何か開いたらいいんじゃないか？」

自分自身でもわけがわからない感情を、ぽつりぽつりとウェインに語りかけ、知っていく最中のことだ。

そしてくだんの彼の台詞《せりふ》であった。

レイシーは瞬いた。

「みせ」

「店」

繰り返して頷《うなず》く。

「誰が」

「レイシーが」

指を差す。なるほど。

「む、無理に決まってる！」

屋敷の中では、珍しくもレイシーの大声が響き渡っていた。ついでに天井からどさどさと埃《ほこり》も落ちたから、綺麗《きれい》好きの勇者、ウェインは思わずこめかみに青筋を立てていた。


レイシーが王から与えられた屋敷は一人で使うには手に余りすぎるほどのお屋敷だった。村人達が住む集落からぽつんと離れて建っていて、長く人の手が入っていないのか歩けば埃だらけになる。傷んでいる箇所も多いから、今から雨漏りが心配だ。

旅をしている最中は屋根がない場所で寝ることも多かった。客人さえ来なければ何の問題もないと思っていたはずが、やってきたのはレイシーとともに一年の旅をしてきた勇者その人である。

ウェインは「引っ越し祝いだ」とたっぷりの食料や生活用品の備蓄を背負いながら馬に乗って、にかりと笑っていた。

——お前がそれを求めるのなら、いくらでも力を貸すよ。

そう言って背中を押してくれたのはウェインだ。

レイシーにとって、彼はとても大切な仲間の一人である。他の散り散りになってしまった仲間が描かれた姿絵も、寂しくないようにと屋敷に入ってすぐにある広間の一番良い場所に飾っている。

「そ、それで店って？　なんでそんなことを言うの？」

「なぜってお前。つまり、レイシーの目標は、自分の力でしっかりと生きて、かつ特技を活《い》かし、新しい自分になろうってことだろ？」

そんな感じといえばそうなんだけど、特技を活かすといわれると何か違うような。あとは実際口に出されると恥ずかしいものも感じるので、唯一綺麗にしたテーブルを見つめつつ椅子に座ってもじもじする。

「そう……なの、かしら……」

でもそんな意気地のない自分の声に気づいて首を振った。

からっぽだったレイシーだけれど、大事にすると決めたものもある。スティックのように小さくさせた杖《つえ》を手のひらの上で遊ばせた。杖のサイズは彼女にとって自由自在だ。プリューム村に住んでいる以上、あまり目立つことはしないようにしようと思ったのだ。

ウェインの言う通りだ、とレイシーは改めて大きく頷いた。ウェインがおさげにくくった長い黒髪も一緒に動く。「よし」と腕を組んでふんぞり返りながらウェインは続ける。

「いいかレイシー。人間、生きていくには金がかかるんだ」

ウェインは伯爵家の次男坊であるのだが、貴族らしからぬ庶民的感覚も持ち合わせている。ウェインにとってもレイシー達と旅をした一年は大きなものだった。レイシーは自分ばかりが与えられたものだと思っているが、実際はそんなことはない。

「この間、報奨金の大半は使ってしまったって言ってたろ？　家賃はないからいいとして、それ以外にも衣食住、少しずつでも金は減っていく。だから自分の力で生きるっていうんなら、まずは金を儲《もう》ける手段を作らないといけない。わかるか？」

ゆっくりと頷く。

レイシーは人よりも金に対する執着は薄い。今まですべきことといえば、魔術の腕を磨く。ただそれだけで十分だったからだ。けれどこれからは違う。レイシーは、自分が生きるための糧も同時に得なければいけない。

「魔術を特技として活かしたい。もちろんこれは問題ないし、尊重すべき考えだ。が、生きていくってんなら、そこに金も絡ませないと十分とはいえないと俺は思う。もちろん趣味と仕事は別にしてもいいし、そうしてるやつが大半だろう。でもレイシーはそんなに器用じゃないだろ？」

レイシーがわかるように、ゆっくりと一つひとつウェインは説明をしていく。無理だと最初は叫んだものの、彼が言っているのは至極当たり前なことだ。

ときおりレイシーはひどく自分自身が恥ずかしくなるときがある。

世間知らずで臆病で、ちっぽけな自分が嫌になった。そんなときはいつも杖を握りしめて、下を向いたまま唇を噛《か》みしめた。

まともに人と関わることなく、来る日も来る日も魔術ばかり。毎日へとへとになっていたから体は辛《つら》かったけれど、心の中は楽だった。他者に言われたままに、何も考えずに行動していたからだ。

だから今度は真《ま》っ直《す》ぐ前を向いた。

ウェインはそんな彼女を見て驚いた。しかしレイシーの内心に引っ張られたのか、手のひらサイズにしていたはずの杖は体の半分ほどの大きさになっている。そして杖を握りしめたままのレイシーの体ごと小刻みに震えていた。

ライガーに睨《にら》まれたスライムのごとく口元を引き結び振動し続けるレイシーを見て、わざときつい表情を作っていたはずのウェインも思わず破顔してしまった。慌てて口元を押さえつつ視線をそらす。咳《せ》き込みを繰り返しながらもとの顔に戻して、呆《あき》れたように首を振る。

「まあ、おいおい、かね。金もまだ使い切ったというわけじゃないんだろう」

レイシーはウェインの言葉に勢いよく頷いてしまってから、しまったと自分自身に呆れた。

たしかにウェインが言う通りに報奨金の大半を使ってしまったといっても、もともとが莫大《ばくだい》な額だったから、贅沢《ぜいたく》することは難しいがレイシー一人が生活していく分にはまだまだ何の問題もない。

「でも、それじゃあ、結局何も変わらない……」

「休みなしで生きてきたんだ。その分の休暇と思ってゆっくりする方がいいじゃないか？　それより」

ウェインはどん、とテーブルに拳を置く。

ちなみに彼が叩《たた》いたテーブルはもともと屋敷に付属していたものだ。壊れたり傷んだりしているものも多いが、生活できる程度の家具があるのはありがたい。

ウェインは静かに腕を組み直した。

「飯は食べているのか？」

先程よりも激しい圧がある言葉だった。ウェインが持ってきてくれた食糧はといえば地下の保存庫に収納済みである。主にウェインが。整理上手な男だった。

レイシーはその質問に待っていましたとでもいうように、にやりと口の端を上げて静かに立ち上がった。ウェインとレイシーが話しているテーブルは、実は食卓である。それ以外にまともな場所がなかったのだ。

ウェインからすれば机の端に埃が残っていてまだまだといったところだが、もちろん自分は家主ではないため、ずんと席に座りながら耐えていた。

彼が常に両手を組んでいるのは、実のところふんぞり返っているわけではなく動かしたくてたまらない両手を自分自身で押さえつけているのである。

「食べているわ」

「……ハッ、どうせ、二日、三日に一回だろ」

「ううん。一日二回」

「レイシーが、誰にせっつかれることなく、一日二回……!?」

ウェインは翠《みどり》の瞳をあらん限りに見開き、封印されていた両手も思わず自由にさせ仰《の》け反《ぞ》るように驚いた。

レイシーは目的のものを探しながら満足げに笑う。そう、この反応が見たかった。レイシーといえば、食べない、寝ないのないないづくしの女である。

ウェインとレイシーが出会った頃、ウェインは今よりずっと貴族らしい男だった。十七歳で、青年とも少年とも呼べない年の頃で、レイシーは十四歳。彼女も今よりもずっと卑屈で、黒いローブのフードを上げることなく、声が聞こえるのは呪文の詠唱をしているときぐらい。いつも馬車の中で小さくなって座っていて、森の中をよたよた歩き、食事のときでも魔術の鍛錬を欠かさない。

なんだこいつはと眉をひそめるようなウェインの感情が、俺がいなければ死ぬのではないだろうかという焦燥にじっくり変わって今に至る。

「すごいじゃないか。こりゃ偉すぎるな」

だから手放しで褒めた。

レイシーも、決してウェインの口うるさい説教が心にまで届いていなかったわけではない。優先事項が違っただけだ。けれどしっかりと生きていきたいと決意した手前、変えなければいけないことも理解している。まずは、食生活だ。

隅に置いたままにしていたカゴに静かに両手を伸ばし、ゆっくりテーブルの上に置いた。山盛りのニンジンだ。

「……これは」

ウェインは静かに声を落とした。レイシーはない胸をそっとはる。

「近所の男の子にもらったの。ちょっとした手伝いをしたから」

「……ああ、さっき開墾作業をしたと言っていた子か。もう近所付き合いもしているのか、すごいな」

大変だ。褒められる内容ばかりが増えていく。

「このニンジンを食べているの」

ウェインにとって、とても遠い言葉のように聞こえた。まるで同じ言葉を話しているようには思えなかった。

「茹《ゆ》でてか」

「ううん。そのまま」

ばりぼりと。

もちろん皮はむかない。ウェインは言葉を失った。目の前にはきらきらとした瞳をしているレイシーがいる。カゴに手を当て、ふんふんと嬉《うれ》しそうに鼻から息を吹き出している。

「……馬か！」

腹を壊すぞと叫んだ言葉を皮切りに封印されていたはずの両手がほどかれてしまったから、ウェインはナイフでニンジンの皮をむき、切りそろえて鍋に火をかけ茹でていた。そうすると部屋の中の惨状にも我慢ができなくなってくるというものである。時間が足りる限り水回りの掃除まで始めてしまった。

初めはレイシーも素早く動くウェインの姿をただ呆然《ぼうぜん》と見つめていたものの、こんな場合ではないとはっとして彼を手伝い、その日が過ぎていった。茹でたニンジンはうまかった。

次の日の朝、ウェインは自分が立派にこしらえた朝食を終え、それじゃあと片手を振った。

「もっとゆっくりしていけばいいのに」

「そうしたいところはやまやまだが、あんまり長く休暇が取れなかったんだ」

レイシーが未《いま》だに暁の魔女と呼ばれるようにウェインも魔王を倒した勇者である。求められる場所はどこにでもある。

「ちょっと厄介そうな魔物がいるんだ。多分、もとは魔族の眷属《けんぞく》だったんだろうな」

「そう……気をつけてね」

「ここから遠いわけじゃない。すぐに終わるさ」

声を落とすレイシーに比べてウェインの表情は明るいものだ。覚悟のほどはさすがの勇者ともいえる。ウェインは両手で帽子のつばを引っ張りながら自分を見上げるレイシーの頭をぽん、と優しく片手で叩いた。

「いいか、レイシー。お前がいい歯をしていることは十分にわかったから、ニンジン以外もちゃんと食うんだ。次来たときに今以上に痩せていたら一生ニンジン以外しか食べられない体にしてやるからな」

「それは困るから頑張るわ」

レイシーはトマトでもなんでも、赤い食べ物はだいたい好きだ。

自分が持ってきた食糧はきちんと氷結石を定期的に入れ替えて温度を下げて保存すること。薬草は魔力を浸した水につけて長持ちをさせること、水回りは特に念入りに掃除すること……とウェインはつらつらと注意事項を続いていく。

「旅をしているわけじゃないし、多分薬草を使うことはないと思うけど……」

「何があるかわからないだろう。一人暮らしなんだから念には念を入れなさい。わかったな」

まるで遠出をする母からのお小言のようだと少しだけ思って、頷きつつもぼんやり意識を飛ばしていたとき、「最後に！」とウェインが語気を強めたので、びくりと顔を上げた。

「その帽子、可愛《かわい》いな」

レイシーの背に合わせるように、ちょっとだけ屈《かが》んでくれた。

彼女が服装を変えるときといえばたまにある元婚約者との面談くらいで、いつも黒のローブを身にまとっていた。

でもそんな自分も変えようと思ってのことだったから、にこりと笑った。

「ありがとう」

「どういたしまして」

さっくり礼を言って、軽く受け止め合う。

別れはあっさりしたものだった。

ウェインが去った後に屋敷の中に入ってみると、ひどくからっぽなような気がした。それがなぜなのか、考えてもよくわからなかったから外にある厩舎《きゅうしゃ》を掃除することにした。そしてバケツを片手に掃除を終えて、改めて屋敷の端から端までを見渡してみる。

「うん、なんていうか、その……」

まあ、言葉にはできない惨状だった。

一人のときならこんなものだろうと思ってはいたものの、人の目を通すとなると見たくもない真実が見えてしまう。

広々とした、部屋の数の把握すらもできていないお屋敷だ。レイシー一人では手に余りすぎる大きさで管理をするのも難しい。だから手が届く狭い範囲のみ生活できればそれでいいだろう、と思ってはいたけれど。

「……さすがに放置をしすぎるのも問題よね」

よくよく考えてみると、別に掃除をする方法はレイシーの小さな手のひら二つのみではない。

ゆっくりと杖を掲げ、さて、とレイシーは自身の杖の先を見つめた。

彼女の杖は一つの指標だ。

大きければ大きいほど魔術の規模が大きくなる。もちろんなくても使うことはできるけれど、ようは気分の問題だ。

レイシーが魔術に集中すればするほど杖のサイズも勝手に比例してしまう。

だから逆に杖の大きさをある程度で留《とど》めるように意識すれば、望む具合の魔術を使用することができるのだ。簡易的なものであれば杖もいらない。

「だいたい……これくらい、かな」

羽根ペン程度の大きさに変えて玄関の真ん中に立ったところで、足元の絨毯《じゅうたん》のぼろぼろ具合に気づき、そっと場所を移動した。堂々とするつもりがなぜだか端に移動してちょこちょこ杖を左右に振る。

掃除というものは必ず自分の手でするものだと思っていた。なぜならみんながそうしていたから。レイシーはただ魔術のみを極めることを望まれていたため、身の回りのことの最低限は全て国から遣わされたハウスメイドが行っていた。旅をしてからは各自ができることは各自でするようになったから、不器用ながらも色んなことを知った。

しかし思い出してみると旅の仲間達はそろって自堕落な人間ばかりだった。変わり者といった方がいいのかもしれない。よくぞまあ、あの面々で最後まで終えることができたと思わずため息が出てしまうほどだ。

——なんにせよ、魔術は目の前の敵を打ち倒すもの、もしくはそれに関わるものであり、日々の生活を豊かにするためのものではない。

例えば変化魔法は魔物に姿を変えることで敵を混乱させ戦いを有利に導いたりするもので、空間魔法も無機物を収納しいくつも武器を持ち歩けるように、というのがもともとの発想だ。

先日、村で出会った子どもがレイシーに助けを求めたのは、魔法使いが身近にいないからこそ魔術に対する知識が曖昧故だろう。通常の魔法使いなら、おそらく鼻で笑っている。

昨日の昼間、レイシーはウェインの手元をつぶさに観察した。ウェインはレイシーよりも魔術展開が遅く、呪文を唱えつつであったが、手元にあるバケツの中に宙から生み出した水をそそぎ込んでいた。なるほど、いちいち井戸に行くよりも魔術を使った方がずっと楽なことに違いはない……とレイシーは簡単に考えているものの、そもそも魔術は決まりきった型しか存在しない。

指先に灯《とも》すだけの火と、拳大の炎を作るのとでは同じ火の系統だとしても術式が若干異なるのだ。それにその程度なら魔物の体の中心部分から産出される、魔石を使用することでわざわざ魔術に頼らずとも誰でも炎を生み出すことができる。それなら手間のかかる術式を覚えてまで使用するのは、変わり者のすることだ。それこそ幼い頃は悪戯《いたずら》小僧だった、ウェインのような。

敵を突き刺し、切り裂き、焼き殺す。

そのために決まった型を研鑽《けんさん》する。それが魔術だ。

少しでも詠唱の時間を短く、少しでも使用する魔力の量を少なく。

ただの少しを幾万通りも繰り返し、完璧なものに近づける。もしくは使うことのできない型を自身のものとするために多くの魔法使いは努力している。レイシーが国一番の魔法使いと言われる所以《ゆえん》は、誰よりも使用できる魔術の型が多いのだ。そんな彼女の頭の中でさえも家を綺麗にする魔術といったものは存在しないし、おそらくどの魔術書を探しても見つからないだろう。

それなら、組み合わせて新しく作ればいいだけのこと。

なるほど、と再度レイシーは頷いた。

頭の中で術式を展開する。自身の中にあるイメージでよく似た形をピックアップし書き換えていく。メインは前回作成した浮遊魔法だ。

なんてこともないように杖を回すレイシーだが、彼女は規格外のことをあっさりとやってのけている。文字を書き記すことなく頭の中だけで魔術を一瞬で組み立て、その場で使用するなど本来ならありえないことだ。

視界に映る窓の一つに、くるりと杖を動かし差し向ける。

ぱたり、とまるで当たり前のように窓が開いた。ぱたり、ぱたり、ぱたり。初めはゆっくり。そのうちに走り出すように一つひとつ窓が開き、ドアが開き、室内では涼やかな風が通り過ぎた。しゃんらしゃんら。頭の上でシャンデリアがゆっくりと不可思議に動いている。家中の家具が踊りだす。静かに、音を出さないように。ベッドにかけられていたシーツも、広がったままの絨毯も、丸くなったり、広がったり。

あら、こんなところに埃があったわ。こんなところに汚れがこびりついていたのね、と言いたげに躍って、はたき落として、集めた汚れは風に乗って運ばれていく。

日当たりも悪くじめじめした雰囲気だったはずの屋敷が、すっかり明るく変わっている。

レイシーはくすりと小さな笑みを落とした。

少しだけ、楽しい気持ちになってしまった。そのときわずかにおかしなことにも気がついたけれど、それよりも最後の仕上げとばかりに真っ直ぐに眼前に杖を突き出す。ごう、と叩きつけるように進む風の中でレイシーの長い黒髪が揺れるが、まるで鼻歌交じりだ。

合図とともに勢いよく音をたて玄関扉が開かれたとき、じゃがいもがたっぷり入ったカゴを抱きしめていた一人の少年が一身にその風を受けた。

髪の毛はぐしゃぐしゃになり、余波で服の裾を揺らしている。少年は驚きのあまりにぼとぼととじゃがいもをこぼしていた。

顔を見ると中途半端に口をあけて引きつらせている。

そしてレイシーと二人、互いに固まり見つめ合ってしまった。


「ほ、本当にごめんなさい……」

「いや、全然……そりゃ、結構びっくりしたけど……」

屋敷中を浮遊魔法と風魔法を使用して掃除をしていたところ、やってきた少年を驚かせてしまった。レイシーは家の中だというのに帽子までかぶって小さくなるしかない。

彼女と一緒に楽しそうに踊り回っていた家具達は、先程のことなど忘れたようなすまし顔をしているようにも見える。

彼はこの間レイシーに魔法で助けを求めた少年だ。

アレンという名前で、年はレイシーよりも下だろう。多分、十二、三歳程度なのだろうが、同年代よりも少し背が高いこととレイシーが小柄ということもあって、二人の目線はそれほど変わらない。

どうやらアレンはレイシーのことを年上ではなく、同い年程度だと勘違いしているようで、「さっきの、いきなり扉が開いたのも魔法なんだよな？　小さいのに立派な魔法を使うもんだなあ」とわかったような顔をして口元を尖《とが》らせつつ頷いている。

自分の年など特に興味もないし、否定をする必要も感じなかったので、そのまま流すことにした。

アレンはオレンジの髪の色と同じく元気な少年で、一週間前に仕事を手伝ってすぐのときに、大量のニンジンを持ってきてくれた。

『父ちゃんにあんたのことを言ったら、魔法使い様になんてことをさせるんだってどやされてさあ』とそばかすが散ったほっぺを緩ませて、けたけたと笑っていた。

十分すぎる量の野菜はレイシーには食べ切れないほどだったから、気持ちだけでと伝えてもまあまあと流されてしまった。今日の手土産はカゴいっぱいのじゃがいもだ。彼が住んでいる家とレイシーの屋敷とでは同じ村とはいえ結構な距離がある。わざわざ遠い中持ってきてくれたのだ。まさか持って帰れと言うわけにはいかない。

「ありがとう。でも、お礼はこれが最後でいいからね」

再度伝えてみたものの、アレンは頭の後ろに腕を組んできししと笑った。

レイシーからすれば大したことなど何一つしていないが、実は彼女が行ったことはアレンが一年を通して開墾したとしても終わりにすらたどり着かないものだった。レイシーはただの一瞬でアレンがする数年分の労働力に値する行為をしたのだ。アレンが思う、彼女に見合う礼にはまだまだ足りない。

ということでアレンは以前に屋敷の前まで来てくれたのだが、中まで案内したのは今日が初めてだ。やっと人を呼べる状態になった、ということもある。昨日来たばかりのウェインには改めて大変申し訳ない気持ちばかりが広がる。

レイシーが村に来て一週間と少し。周囲の地形が違うからか王都よりもプリューム村は寒さを感じる。少し早く冬がやってくるのだろうか。せっかくだからと温かい飲み物でも作ろうとして、レイシーはキッチンで悪戦苦闘する。ウェインはレイシーのためにヤカンまで持ってきてくれたのだ。

「く……く、くんぬ……！」

ぷるぷるしつつ、本来なら火の魔石を入れて使用するはずの立派なコンロに火炎魔法で火をつける。お湯が沸くと自然と火が消え、かつヤカンの底が焦げてしまわない程度の温度という絶妙なバランスと難解複雑な術式が必要になる『お湯沸き魔法』、という世の魔法使い達が泡を吹いて倒れてしまうような大魔法が今この瞬間に生まれていた。天才の無駄遣いである。

まさかそんな驚くべきことが目の前で起こっていることなど知りもしないアレンは広間の椅子に座りながら、そわそわと周囲を見回した。

「なあ魔法使いさん。この屋敷、こんなんだったっけ？　入ったことはないけどさ、外から見てると、もっとどろどろしてたというか……なんだかすごく空気が軽くなってないか？」

「……そうかな？」

もしかすると風魔法で室内を掃除するついでに淀《よど》んだ空気も掃き出してしまったからかもしれない。

「ちょっと掃除したから……。ところでごめんなさい、前に名前を言ってくれたのに、私は名乗っていなかったね。魔法使いさんじゃなくって、レイシーっていうの」

「あれ、暁の魔女様と同じだな。もしかして本人とか」

珍しく具合を間違って、ぼうっ！　と炎が燃え上がった。

同時にヤカンからけたたましい音が鳴る。レイシーは拳を握って、慌てて炎を抑え込んだ。いや、隠しているわけではないのだからと思いつつも背中の冷や汗が止まらない。名前を伝えて言い当てられたのはこれが初めてだ。

「冗談だよ。見かけも年も違うしさ。同じ魔法使いだし、もしかしてファンだったりする？」

「えっと、あの」

「ほら、絵も飾ってあるし」

以前に王都で買った仲間達の姿絵のことだ。

椅子の背もたれに腕を置いて反対に振り返り、アレンはきしきしと笑っている。

「えへへ、あやかりたい気持ちはわかるよ。俺にもそろそろ兄妹が増えるんだ。妹なら暁の魔女様の名前をいただくのも候補の一つだからね。光の聖女様もお優しくて素晴らしいけど、暁の魔女様はそれに加えてとにかくお強いと聞くから。あこがれだよなあ」

とりあえず、レイシーは相槌《あいづち》代わりに曖昧に頷いた。

しゅぽしゅぽと音を鳴らすヤカンを目の端に収めつつ、やっぱりレイシーが暁の魔女本人だということは隠すことにしようと強く決意した。どうやら自分にはこの二つ名は重すぎるようだ。

なんとか紅茶の形が出来上がったからアレンとレイシーは互いにテーブルに向かい合い、カップを持ち上げてこくりと飲んだ。……多分あんまりおいしくない。

今朝方ウェインが淹《い》れてくれた紅茶はもっと静かに染みていくような味がしておいしかったのになのにアレンは、「はあ」と温かい息を吐き出して、嬉しげに八重歯を見せて笑った。

なぜだか今、チャリンと心の中でコインが落ちて、貯《た》まっていく音がする。胸の辺りをそっとなでた。しびれるような嬉しさがあった。

次はもっとおいしく淹れたいとレイシーが心の底で誓ったとき、カップを覗《のぞ》き込み、くんくんと鼻をひくつかせていたアレンは、「不思議な匂いがする」とウェインが持ってきた茶葉を称した。あとはカップを持ち上げ横に見て、「高そうな感じ」と至極正直な意見も述べる。そちらはもともと屋敷の中に置きっぱなしになっていたものだ。忘れ去られたように棚の中で埃をかぶっていた。

長い間人の手が離れた屋敷だ。よくぞ盗まれなかったものだな、と感じる。旅をしている中ではそういったことも目にしてきた。

「茶葉は人からもらったもので、カップは私のものではなくて、もともと屋敷にあったものなんだけど」

「ああ、ウェルバイアー家のものかあ。そりゃお高いや」

「ウェルバイアー家?」

首を傾《かし》げるレイシーを見て、アレンは驚いたように瞬いた。

「……まさか知らない?」

「知らないって?」

レイシーはいくつか候補をもらった中で一番住みやすそうな場所を選んだだけだ。

なるほどとアレンは口の先を尖らせつつどうしようかなと考えた後に、不思議そうに見つめるレイシーの瞳に根負けした。そして少しずつ教えてくれた。

実のところ、レイシーが住むこの屋敷はいわくつきのものであった。

外ではぽつぽつと降りだした雨が、静かに屋敷の屋根を叩き始めた。

きっとすぐに、大雨になってしまうんだろう。

＊＊＊

今から三、四年ほど前の話だ。ウェルバイアー家は裕福な商人の家だった。

以前はうだつの上がらない商売下手な夫婦だったが、ある日を境に彼らの生活はがらりと変化した。夫婦が村の顔役に持ってきたのは一匹のコカトリスの羽根だ。

それがただの魔物の羽根というのなら二束三文に買い叩かれて終わる話だったのだが、なんとその羽根は金色に光り輝いていたのだという。

コカトリスとは体が鶏で尻尾が蛇という、旅をしていればときおり見ることもあるどこにでもいるありふれた魔物だ。しかし中には変異種というものが存在し、生えているはずの尻尾がなく白いはずの羽根が金色に染まっているものもいる。その金の羽根は珍しく、通常コカトリスの羽根の、何十倍の価値があるとされている。

夫婦はめったにないはずの金の羽根を、それこそ何十枚と持ってきた。自分達はこれからいくらでも羽根を持ってくることができる。けれど一度に市場に卸して価値を下げたいわけではない。だからこの羽根を使って装飾具を作らないかと持ちかけた。

分け前の大半は羽根を手に入れる経路を持つ夫婦のものとなったが、それでも村は潤った。羽根飾《プリューム》り村と名前を変えたのはその頃だ。

夫婦は部屋が数え切れないほどの立派な屋敷を建てた。しかし不思議なことに使用人を雇うことなく、二人は息をひそめるように村の端でひっそりと暮らした。

それから間もなくのことだ。彼らが、コカトリスの羽根を手に入れることができなくなったのは。最後に持ってきたものは、金の色の欠片《かけら》もない、茶色く濁った色合いの羽根だった。

もちろんそんなものは何の価値もない。夫婦の転落はあっという間のことだった。大きな屋敷も随分無理をして建てたものだったのだろう。途端に金の巡りも悪くなり、ある日を境に夫婦は消えた。夜逃げしたのだ。

村人達は夫婦に呆れはしたものの、もとは装飾の事業なしでも成り立っていた村だ。ゆっくりと村は以前の生活へと戻っていった。羽根飾り村と変えた名のみは残ってしまったが、誰も気にする者はいなかった。

そんな中、不思議な噂《うわさ》が静かに村の中を巡っていった。

——夫婦は、逃げ出したのではない。死んでしまったのだと。

彼らが住んでいた屋敷から、ときおり不気味な声が聞こえる。金目のものがあったから、悪さをしようと忍び込んだ者もいたのだ。けれどもまるで追い返されるように聞こえた恐ろしい声に震え上がり、すたこらと逃げ帰った。あれは、おそらく死んでしまった夫婦が残した怨念だ。

その言葉を証明するように、日に日に屋敷は荒れた。

外観が、という意味ではない。ただ、おどろおどろしいのだ。重たい空気が屋敷の中から漏れ出て、誰もが近づくことをためらうようになった。

そして今も、夫婦はこの屋敷にいる。苦しげに声を出して、金の羽根を求めている。

「ほら、そこに!!」

アレンはレイシーの背後を指差し、恐ろしげな顔を作った。

窓からぴかりと光が弾《はじ》ける。遠くで雷鳴が轟《とどろ》く音が聞こえた。ざあざあと土砂降りの雨である。

レイシーはゆっくりと背後を振り返った。もちろん誰もいない。そしてアレンをもう一度見つめた。

てっきり彼がレイシーを驚かそうとして叫んだのだと思ったが、そうではなく本当に何かを見てしまったらしい。あわわと泣き出しそうな顔をして、むぎゅりと強く瞳をつむる。

「ああ、見ちまった……やっぱりいたんだ、見ちまったよ……真っ直ぐに黒いものが伸びてた……どうしよう呪われる……」

べそまでかいていらっしゃる。

大変申し訳ないのだけれど、とワンクッションを入れて、「大丈夫よアレン」とレイシーは冷静に言葉を伝えた。

「あれはただの、立ち上がったあなた自身の影なんじゃないかしら?」

すっかり長居してしまったと勢いよくアレンは立ち上がり、「父ちゃんにどやされちまう、それじゃあまた今度！」と手のひらを振って、レイシーが止める暇もなく土砂降りの雨の中を帰ってしまった。

豆粒になる小さな少年の背中を見送った後に太陽が隠れてしまってどんよりとした空を見上げる。ざあざあと雨がやむ気配はない。

屋敷の中にあるシャンデリアは立派だが光の魔石を入れ込んでいるわけではないので、大きな置物が天井からぶら下がっているだけである。真っ暗な屋敷の中をロウソク代わりに杖の先に炎を灯して見回した。

レイシーはアレンから聞いた話を思い出し、屋敷に長く人の手が入っていない理由と立派な調度品が並んでいる理由を理解した。

もとの家主達が夜逃げをしようにも、大きな荷物を持っていくことができず置き去りにしてしまったのだろう。残った小さな貴重品も盗むために泥棒がやってこようにも、奇妙な噂や屋敷自体の重苦しい空気に逃げ帰ってしまったというわけだ。

はたして夫婦が夜逃げをしたのか、それともこの屋敷で死んでしまい亡霊となったのか。そんなことはレイシーにはわからない。窓の外が、ぴかりと光った。遅れて唸《うな》るような音がやってくる。どこかに雷が落ちたのだろう。

杖を片手に掲げながら反対の手は手すりを持って、一歩いっぽ階段を上っていく。ぎぃ、ぎぃ。踏みしめる度に階段の踏み面が沈み込んだ。

二階までたどり着くと、レイシーの長い影が黒々と伸びていた。

——夫婦はこの屋敷にいる。苦しげに声を出して、金の羽根を求めている。

レイシーは、アレンの言葉を思い出した。そして。

「とりあえずこっちかしら。なんだか声も聞こえるし」

すたすたと歩き始めた。

苦しげな声がたしかに聞こえるが、正直なところレイシーは亡霊などまったくもって怖くはない。アンデット系の魔物や魔族など、いくらでも倒してきた身である。もちろん呪われたこともあるので、光の聖女と名高い仲間の一人には何度もお世話になった。

過去に呪いにうなされながらレイシーが考えたことは、やられる前にやるということだ。呪われる前に全力で炎の魔術を叩き込めばだいたいなんとかなる。とりあえず気合で素振りを繰り返した。もし本当の亡霊が見ているとしたら、話が違うと両手で口元を押さえて震えているかもしれない。

レイシーはアレンの話を聞いて驚きや恐ろしさを感じることはなかったが、一つ思い当たるものがあった。先程、浮遊魔法で屋敷中の掃除を行っていたときに気がついたことだ。

この屋敷には一つだけ扉が開かない部屋がある。

隠し扉なのだろう。二階の吹き抜けになった廊下の突き当たりの部屋。その奥だ。声も間違いなく同じ場所から聞こえている。

目的の場所にたどり着き部屋の中を見回した。本棚の奥に巧妙に隠されているが、奥にもう一つ何かがある。魔道具を使用した封印だ。

レイシーは魔力の流れをちらりと瞳で確認して、あっさりと杖で絡め取った。途端に魔道具は効力を失い、からからと音をたてて本棚がスライドする。

出てきたのは頑丈な扉だった。明らかに他とは様相が異なる。レイシーが目の前に立つと、屋敷の中に重く響き渡っていたうなり声がぴたりとやんだ。少しだけ考えて、扉と壁の境目をつるりと指先でなでた。これで問題なく開く。鉄でできた扉を、軽くノックする。返事はない。ゆっくりと開いた。窓一つない薄暗い部屋の中には、淀んだ空気が広がっている。

その中に一匹、茶色い何かがあった。

何かはぴくりとも動かず、足は鎖でつながれている。生きているのか、それとも死んでしまっているのか。こつり、とレイシーが部屋の中に足を踏み入れた。

それはひどく緩慢な動作で顔を上げ、レイシーを見上げた。まるで生きる力の全てを失っているようだった。

けれども瞳ばかりは金の色を爛々《らんらん》と輝かせ、ただ怒りを叩きつけるようにレイシーを見つめていた。

(コカトリス……?　いえ、違う)

本来なら白いはずの羽が、金と斑《まだら》の茶色の羽になっている。

つまり――コカトリスの変異種だ。

ウェルバイアー夫妻が最後に持ってきたという羽根の色は、茶色く濁った色合いだったという。

この鎖につながれているコカトリスがそうなのだろうかとレイシーはそっと眉根を寄せる。夫妻が逃げ出した正確な日にちはわからないが、三、四年前の話だとアレンは説明していた。もしこのコカトリスがくだんのものとするならば、数年もの間を鎖につながれ、それでも生きながらえていたということになる。

（でも、そんなわけない……）

ただ夫妻がこの部屋の中でコカトリスを飼っていたことだけは間違いない。部屋に充満した恨みや、怒り。そんなものが染み込んでいたことで、アレンが言っていたおどろおどろしい空気が満ちた屋敷になっていたのだ。

レイシーが風魔法で掃き出してしまったから溜《た》まっていた空気はすっかり綺麗になってしまった。外に出たもの達も屋敷という場から抜け出し少しずつ正常に戻っていくだろう。

しかし今考えることは別だ。

「……ごめんなさい、ちょっと失礼します」

声をかけてコカトリスの前に座り込んだ。

今にも死にそうな様子だったはずが、レイシーが近づくと素早くクチバシで彼女をつついた。見る者全てと戦う覚悟を持ったコカトリスの顔である。

「い、いたい！　いたいです！　違うから、鎖、鎖を外すだけだからァ！」

つり上がった瞳でオラオラと攻撃されつつ、慌ててレイシーは杖を振った。けれども想像よりも反応しない。おかしいと思って見てみると、コカトリスの細い足をつないでいるのはただの鎖ではなく、魔封じの鎖である。

「……うーん、これは、難し……いたっ、ちょっ、いた！　できないとは言ってない、言ってないですけど!?」

あまりに強力な鳥に思わず敬語を使ってしまう。

「だから、魔力が封じられるならっ！」レイシーはコカトリスから逃げつつ、「封じられる前に、素早く使えばいいだけであって！」と言いながら杖を振り下ろした。そんなことをできる者は、おそらくレイシー以外に存在しない。

しかしレイシーはまったくもって理解していなかった。コカトリスをつないでいた鎖の輪がぱっかりと半分に割れた瞬間、自由になった鳥が行うことはただ一つ。

「あだだだだだだ!?」

ジャンプして、つついて、敵を攻撃するの一点のみである。

「い、いい加減、に……！」

さすがに我慢の限界だ。情けないことだが人間相手でなければ、レイシーは強く出ることができる。あと亡霊とかそういう系でも大丈夫。

「いい加減に、しな、さぁあああいーーーー!!」

振りかぶった。コカトリスは落っこちた。

「焼き鳥にでもしてやりましょうかね!?」

予告する頃には杖はごうごうと燃え上がっている。レイシーは燃え盛る杖を突き出し、見下ろした。コカトリスはぴくりとも動かない。死んでいる。

「いやまだ何もしてないのに……!?」

魔物相手といえど、弱りきった相手を前にして嬉々《きき》として杖を振るう趣味はない——のだが。

「……死んでは、いない」

薄く、息を繰り返している。

ただ、極端に弱りきっているだけだ。体を丸まらせることすらできず床の上に羽を広げて倒れ込んでいる。今度こそつつかれることはないだろうとレイシーはそっと腰を下ろし、コカトリスを観察した。風切羽が切られている。するりと、レイシーの瞳が細まった。

両方の羽から狙ったように同じ形で切り取られている。間違いなく人為的なものだ。

レイシーはため息をついて天井を見上げた。窓の一つもない部屋だと思っていたが、頭の上には明かり取り用の丸い小窓がついている。外が暗いものだから気づかなかった。雨脚がわずかに遠くなったようで、ざあざあと響く雨の音が少しずつ小さく変わっていった。

「よいしょっ……と」

レイシーは一抱えほどもある大きさのコカトリスをもとの場所から抱き上げて移動させ、自室から持ってきた毛布の上に置いて再度観察した。こうして見ると鶏程度の大きさだろうか？　とても生命力が強い個体であることは間違いなかった。茶色の羽根の隙間には、ところどころ金の色が残っている。

変異種として金の羽根を持って生まれたはずが、ウェルバイアー夫妻に搾取される中でさらなる変化を遂げ、金から茶に羽根の色を変えたのだろう。自分自身で商品の価値を下げることで目論見《もくろみ》通り夫妻の事業は立ち行かなくなり屋敷から消えた。そして、コカトリスだけ残された。

小さな体で一体どれほどの苦痛を背負っていたのだろう。

レイシーは口元を触りながら考えた。

屋敷の中は薄暗く、手元がひどく曖昧だ。ぱちんと一つ指を鳴らすと、天井のシャンデリアがしゃらりと揺れて明かりが灯る。

ふとウェインのことを思い出してしまったのは、以前悪戯のように送られてきた鳥の形をした手紙を思い出したからだろう。

「……ウェインといえば、そうだ」

彼が残した荷物をごそごそと漁《あさ》る。それから持ってきてくれたヤカンを使ってお湯を沸かす。

――作ったことはないが、知識として知っている。仲間の一人が、鼻の下をこすりながら何度も教えてくれたことだ。道具が少ないので簡易的なものになるだろうが、材料はそろっている。多分問題ないだろう。

色々と準備をしつつコカトリスが目を覚ましたとき、丁度レイシーはコカトリスのすぐそばにいて謎の瓶を握っていた。

「……キュウイッ！　キュイキュイキュイ！」

「い、いたい！　意外と元気！　とても元気！　というか、な、鳴き声もちょっと意外……！　ではなく、回復薬、回復薬だから！」

コカトリスからしてみればどう見ても緑のどろどろの液体であり、息の根を止めに来たかと疑うしかないのだろう。

『何かがあっては遅いんだからな』と言いながら薬草までたんまり持ってきたウェインに、旅をしているわけではないのだから何かなんてあるわけがないと呆れたはずが、まさかこんなに早く使用するときがこようとは。

魔術には回復魔法は存在しない。それは聖女の御業《みわざ》であるからだ。ウェインが持ってきてくれた薬草は品質がいいものだったのでそのまま食べても効力はあるだろうけれど、この殺気ばかりが溢《あふ》れるコカトリスが口にしてくれるとはどうしても思えなかった。現在もレイシーはコカトリスと格闘を繰り返している。

コカトリスが起きる前に、できた回復薬を自分自身の指を切って試してみたところ問題なく使用できた。それなら、と意識のないコカトリスをぬっと見下ろしているときだったのだ。ずたぼろになりながらも暴れるコカトリスをそのままに瓶の中に勢いよくスプーンを入れた。そして切り取られた風切羽に急いで塗る。

よくできた回復薬はすぐさま体の中に染み込む。もちろん成功していた。なのに羽には何の変化もなかった。

「……な、なんで？」

ただの羽であったはずならば、ゆっくりと元通りに変化するはずなのに。

それほどにレイシーの回復薬のできはよかった。ならば他に問題があるのだろうと、次にしたことは魔力の流れを確認することだ。すると、コカトリスの体は魔力の流れがほぼほぼ断ち切られていることに気がついた。

つまり切り取られていたのはただの風切羽ではなく、魔力羽だった。

体の中に微量の魔力しか溜めることができない現在、コカトリスは魔物としての能力の大半を失っている。つまりこれではちょっと乱暴な、鳴き声が変わっているただの鶏である。

以上の思考をレイシーはコカトリスに蹴り飛ばされながら考えた。魔力羽を治すとなるとレイシーが作った回復薬ではまったくの力不足だ。吸い取られる魔力以上の魔力を有する薬を作らなければいけない。

器具の足りなさはレイシーの魔術でカバーできる。けれども、問題は薬草だ。ウェインが持ってきてくれた薬草は、通常のものなら十分すぎるものだが、求める回復薬の素材となるには力が足りない。

「うーん……」

いつの間にか、雨はすっかりやんでいる。

背後ではコカトリスが短い足を必死でレイシーに叩きつけ攻撃を繰り返している。がくがくと揺さぶられつつ、レイシーは考えて、移動した。その後ろをコカトリスもついていった。

レイシーが来るまで屋敷の中は荒れ放題だった。つまり、屋敷の外ももちろんである。

草木はぼうぼうと生い茂っていて、手入れのされていない樹木も鬱蒼《うっそう》としている。雨に濡《ぬ》れた地面の上を歩きながら足跡をつける。コカトリスもキュイキュイと歩く。

立ち止まり蹴り飛ばされ、左右に揺れつつ杖を振った。一瞬にして草が刈り取られ、むき出しの土が現れる。このままでは硬すぎるから、納戸に入っていたクワを使い、必要な分だけ土を耕す。

最後の調節はよくわからなかったから、自分の手で穴を掘った。

その中に、ウェインからもらった薬草の根を埋めた。

土はしっとりと湿っていたから、濡れすぎないように呪文を唱えて空気のカバーを作ってやる。何をしていやがるんだと、コカトリスはオラオラしつつ、レイシーに喧嘩《けんか》を売っていた。

——次の日、小さな芽が出ていた。

本来の薬草よりもいくらか育ちが早いのは、魔力を土に練り込んでおいたからだろうか。

数日待って、収穫した。けれども早さを優先させたせいか、品質はウェインからもらった薬草とまったく同程度のものだった。それじゃあ次だとまた土を耕した。コカトリスは体全体でレイシーにアタックを繰り返していた。

——たったの一つではいつまで経《た》っても埒《らち》が明かない。

畑を広めて穴を増やした。薬草の数が増えたから、いくつも同時に作ることができるようになった。一つひとつ、条件を変えていく。土に魔力を多く練ったもの。土ではなく根に魔力を入れたもの。水の量を減らしたもの、増やしたもの。土の柔らかさ、硬さ、薬草同士の間隔。落ち葉を敷き詰め、肥料をやる。メモをする。コカトリスはぐるぐる回ってレイシーの足に突撃する。

——ちらちらと静かな雪が降ってきた。水を含んでべっしゃりとした、丸い雪だ。

空の色が白くて、吐き出す息も白くなる。畑は青々と育っている。穴を掘って、指の先は土だらけになっていた。コカトリスは、畑の端で腹を見せて眠っていた。

＊＊＊

暖炉の中で火花が弾ける音が聞こえる。

魔術で炎だけを燃やし続けることはできるけれど、いちいち暖炉の中を気に留めていなければいけなくなる。それなら発火だけ火魔法を使用して、薪《まき》を燃やした方が効率的だ。

ヤカンは回復薬を作るために使うから、村で小さな鍋を一つ手に入れた。ぐつぐつ煮た湯の中に、じゃがいもを入れる。蓋をしたまま火を消して、タオルで包む。時間をかけて茹で終わった芋の皮をむき、ほくりと口にした。

頬を膨らませていたレイシーは、すっかり慣れてしまった足元の視線に気がついた。

「……食べる?」

コカトリスはじろりとレイシーを睨んでいた。

皿を床に置いて、中に芋を入れてみる。食事はいつも盗みやすいようにと知らぬふりをして置いていた。

声をかけたのは初めてだ。キュイ、と相変わらず変わった鳴き声が聞こえた。ほっくりと、一人と一匹は芋を食べた。

静かな冬が、過ぎ去っていく。

満足がいく薬草は出来上がった。手慣れた動作で煮つめて、瓶に詰める。

コカトリスは雨が降ると、決まって動くことができなくなる。まるで少しずつ命を削っているようだった。だというのに短い足を必死に伸ばしてもといた部屋に戻ろうとするから、レイシーは瓶を持ちながらコカトリスを抱きかかえて、頭の上に小さな明かり取りがあるだけの隠し部屋にたどり着いた。

ぼろぼろで、閉じ込めるためだけにできていた部屋だ。もちろんあれから掃除をしたから随分マシになってはいるけれど物悲しさは変わらない。

明かりが丁度当たる場所には何度もコカトリスが来るから、いつも毛布を敷いていた。

レイシーの腕の中でコカトリスは身じろぎした。下ろしてくれと言いたいのだろう。床に足をつけてやると、もつれるようにゆっくりと歩き、毛布の中にくるまった。多分、空が見たいのだ。

雨で太陽が隠れてしまっていて、明かりの一つも入ってくることがなくても。

普段は元気に暴れまわっているように見えるが、雨が来る度に小さな体から命が抜けて消えていく。閉じ込められていた何年もの間に力を使い果たしてしまったのだろう。

このままでは、この子は死ぬ。

「……失礼するね」

以前したようにスプーンではなく、刷毛《はけ》を使って均等になるように羽根に塗る。みるみるうちに染み込んだ薬の代わりに、ゆっくりと新たな羽根が生えてくる。魔力が流れぬようにと封じられていた体が正常に戻り始める。しかし、コカトリスはただ苦しげに喘《あえ》いでいた。たとえ体が元通りになったとしても、なくなった魔力が戻ってくることはない。

雷鳴が響き渡った。

ぴかり、ぴかりと窓が光ったと思うと、暗くなる。ざあざあと雨粒が屋根に叩きつけられる。体はすっかり元通りのはずなのに、この嵐が過ぎ去る前に、コカトリスは命を落とす。

「もう、治ったのに」

静かにコカトリスの体を持ち上げ、抱きしめた。まだらの茶色い体は柔らかくて、息は微《かす》かだ。けれど胸の中に入れると、温かな温度があった。

何かを、言っている。

「……雨が嫌？」

レイシーとコカトリスが初めて出会ったときも、雨だった。

苦しげな声を出して、呻《うめ》いて、村人達には亡霊の鳴き声だと囁《ささや》かれていた。

「そう、嫌なのね」

わかった、とレイシーは頷いた。

コカトリスを毛布の中に下ろし、片手には杖を持つ。身の丈ほどの大きさだ。屋敷に叩きつける大粒の雨粒の音を聞きながら、はっきりと告げた。

「私が、雨を止めてあげる」

＊＊＊

アステールの名を王から言い渡されたときのことだ。ウェインはよく似合う名前だなとレイシーに伝えた。アステールは、古い言葉で星を意味する。

たしかに暁の魔女の名とするならばこれ以上なく似合いの名だと思うが、実際のレイシーは黒髪で、ちびで、暗くて、どんよりとしている曇り空のような女だ。それがどうして、と落ち込んだわけでもなく、嫌味を伝えたいわけでもなく、ただ純粋な疑問が口からこぼれ出た。

そんなレイシーを見てウェインは翠色の瞳を瞬かせた。

そして吹き出すように笑った。こちらを見た顔は、ひどく優しいものだった。

——そのうち、わかる。きっと、いつか。

そのいつかが、いつになるのかなんてわからない。

杖を柄に突きつけ、瞳をつむりながらレイシーは詠唱を開始した。彼女を起点として幾重にも足元に魔方陣が広がっていく。言葉を唱える度に刻一刻と陣は変化し適切に作り変わる。普段はのったりとした口元からは恐るべきスピードで一つの言葉にいくつもの意味を込めて術式を強化する。見るものがその姿を見れば、おそらく腰を抜かしてしまうだろう。年を重ねた熟練の魔術師ならなおさらだ。敵《かな》うことがないと知る。彼女は暁の魔女だ。空を切り裂き、夜を終わらせる星の杖を片手に握る。

雷鳴が、響き渡った。

——この場に、落ちる。

瞬間、呪文を一秒早く切り上げた。

杖を掲げ、腹の底から振り絞った声を空に向けて叩きつける。真っ白に視界が染まった。レイシーの魔術と、雷の二つがぶつかり合う。打ち勝ったのはレイシーだ。雷を引き裂き、雨と雲を吹き飛ばし、屋根すら壊れた先に見えるのは美しい夜空だった。

全ての雨を吹き飛ばすことはできなかった。けれども今、この屋敷の周囲だけは雨がやんでいる。

さすがの彼女も肩で息を繰り返し、額の汗を拭った。

きらきらと、星の光がこぼれている。

そのときだ。コカトリスは、ゆっくりと空を見上げた。

黄色い細いクチバシをゆるりとあけて、一つ、切なげに鳴いた。周囲に溢れたレイシーの魔力をたっぷりと吸い込み、両の翼を広げる。

「え……」

少しずつ、燃え上がる。茶色い羽の一本いっぽんを炎に変えて、揺らめきながら姿を変化させる。

——コカトリスの変異種。

違う、そんなものではない。記憶の中でもたげていた疑問が静かに紐《ひも》解《と》かれた。

魔力を封じられてもなお、狭い部屋の中で生きながらえるほどの恐ろしい生命力を持っていたこと。

「フェニックス……」

レイシーは、知識にあるその姿の名を呟《つぶや》いた。

炎の鳥は苦しげに体をもたげた。はっとして、レイシーは杖を握りしめた。もとの姿に戻ることも久しぶりなはずだ。

「が、頑張って」

まるまるとしていたはずの体を炎に燃やしてほっそりとさせて、炎の鳥は幾度も翼を揺らす。金の瞳の色だけは変わらない。

「頑張って！」

必死に声を震わせた。鳥は、まるでレイシーの声に呼応するように、広げた翼を大きく羽ばたかせた。

雲一つない夜空の中、空には真っ直ぐに火柱が上った。

レイシーはぐっと唇を噛みしめ、瞳をつむった。けれども不思議と熱くはない。恐るおそる瞳を明けると、鳥はレイシーをつつくような素振りをした。まるでこちらをからかっているような仕草だ。

空を飛ぶ。流れ星を反対にしたように、赤い鳥が空へ昇って消えていく。

気づけばぽつりと一人、レイシーだけが穴があいた屋根を見上げている。

「行っちゃった……」

ただ、不思議な感覚だった。

寂しいような、安堵《あんど》するような。心のどこかがぽっかりしている。でもまあ、これでよかったんだろう、と自分自身に苦笑していたとき、視界の端にあるありえないものに気がついた。

「え……」

瞳をこする。見間違いではない。そうっと、覗き込んだ。そこにあるのは、レイシーが両手でやっと抱えられる程度の大きな卵だ。

卵が、揺れた。

「ひえっ」

悲鳴を上げて、後ずさって、もう一度近づく。ぴくりとも動かない。

「……やっぱり、気のせい？」

こつこつ、と音が聞こえた。卵の中からだ。

ぴしり、と白い卵の真ん中に、亀裂が走る。


「……と、いうことがあったんだけど」

目の前で相変わらず腕を組みながら口元を引きつらせるウェインがいる。

久しぶりに屋敷にやってきたウェインには、怪我《けが》をしたコカトリスがいたから回復薬を使用してやったら卵を置いて消えてしまった、と簡易的に伝えてみたのだが。

「いやそれ、どう見てもフェニックスだろ……」

さすが勇者の一言である。

「キュイキュイ！」と父親か母親かわからないが、生みの親に比べて随分愛想のいい魔物がレイシーの肩で羽を広げて踊っている。生まれたときよりも少し大きくはなったものの、今はまだウェインの手のひら二つ分の大きさだ。まだまだ子どもなのだ。

「……あえて言わずにわかるかなと思ったんだけど、やっぱり、わかる？」

「いくら変異種といっても、全身が赤色のコカトリスなんていてたまるか。……ん、いや冒険者ならともかく、普通に街に暮らしている分じゃわからないかもしれないが……」

フェニックスもとにかく珍しい魔物、というだけで広義に捉えることができるならコカトリスと同じようなものだ。きちんと調教《テイム》できているのなら街の中でもさほど問題ない。ただ繰り返すが、とにかく珍しい、という点を除いて。

全身が灼熱《しやくねつ》の炎に包まれても生き残ることができる生命力は魔物の中でも類を見ない。

屋敷の持ち主であったウェルバイアー夫妻も捕まえていたコカトリスがフェニックスだとは思いもしなかったはずだ。わかっていたらどこまでも搾取されていたに違いないから、姿を変えていてよかったのだろう。けれどもまさかこのフェニックスの親も、あんなに長きに亘《わた》って隠し部屋に閉じ込められるとは想定外だったに違いない。

「それにしてもこの薬草が、もとは俺が渡したものからできたってのはな……」

コカトリスだと思っていた魔物を治すために作った薬草だ。

結局出来上がるまでに一冬もの時間を使ってしまったけれど、手探りなりにもなんとか満足できるものを作ることができたとレイシーは感じている。

「私の魔力が土と相性がよかったのかも。回復薬の作り方自体を磨き上げるより、まずは材料の底上げをした方がいいと思ったんだけど、その通りだった」

「……化け物かよ」

「え？」

組んでいた腕をほどいて薬草の端を持ち上げる。ウェインは勇者である以前に貴族でもある。目利きは人よりもできるつもりだ。

「これだけでも市場に卸せば一財産築けるぞ。錬金術師達がこぞって買い漁るだろうな」

「え……」

「どうする？　知り合いに、生産者を秘密にして回してみるか？」

「あの、えっと、その……」

両手を合わせるレイシーと、彼女の肩でキュイキュイと言いながら首を傾げるフェニックスをしばらく見て、ウェインは苦笑した。

「そうだな。貴重なものだから、ほいほい決められるものじゃないだろう。とりあえず、俺は保存しとくことを薦めるがね」

「そうじゃなくて、その、ウェイン。その薬草、たくさん作ってしまって、屋敷の裏庭にこんもりと茂っているの……」

「…………」

さすがのウェインも沈黙した。自分の元パーティーである魔法使いは、とにかく規格外であったことを改めて理解した。

「一財産と言われると、逆にどうしたらいいかわからないわね……とりあえずどうするかは先々考えることにして、よかったらこれ、ウェインもお守り代わりにどうぞ」

「……じゃあ遠慮なく……」

本来なら遠慮しかできないものであるはずが、こんもり、と言われるとどうでもよくなってくる。手元の荷物から専用の保存瓶を取り出して、ウェインは薬草を漬け込む。

「で、そいつ、どうするんだ？」

「キュイ？」

ウェインは知るわけがないが、親に比べるとくりくりしていて可愛らしい瞳をしている。最初に手加減なくつつかれたときの痛みをレイシーは思い出していた。

「どうする、というか。生まれたときに最初に会ってしまったからか全然離れてくれないし。どういうつもりであの子を残したんだか」

一体いつの間に、と驚くばかりだ。肩の上だけではなくレイシーの頭の上にも乗りたがるから、この頃は室内でも帽子が欠かせない。ため息をついているレイシーを見て、そりゃあ、とウェインは知った顔で笑っている。

「依頼の代金だろう。フェニックスなら、子というよりも分身に近い。体で払うなんて潔いやつだな。レイシーの店の一人目の客……いや人間じゃないから、一匹目と言った方がいいか」

「客!?　というか、店!?　一体なんの!?」

「回復薬を売ったから、雑貨屋……でも、雨も止めた、ってことは、なんか違うな、つまり、何でも屋……？」

「いやでも代金って！」

「キューーーーウイイッ！」

「あなたもキリッとしないで！　やる気を出さないで！」

わいわいしている中で、ウェインはふと顔を上げた。

「まて、雨を止めた？　さっき、屋根を壊したって言ったよな。その屋根はどうなったんだ？」

レイシーの魔術を使えばこんな屋敷をぼろぼろにすることなどいくらでもやってのけてみせる。

どん、と胸をはった。

「もちろん、そのままにしているわ」

「バカ！！！！」

純粋に怒られた。

「それを、早く言え!!　吹きさらしかよ！　せめて塞ぐぐらいしろ、ああもう！」

そのときレイシーは、母は父にもなりえるのだと知った。

ぷりぷりと怒りつつもウェインの行動は素早い。屋敷にある使える道具をひっくり返した後、屋根に上りながらトンカチを振り回す勇者は自分なんかよりもよっぽど器用である。

「あのう、ウェイン……。私もなにか手伝おうか。屋根の穴を塞ぐ魔術とか、考えてみる……?」

「吹きさらしでも何の違和感もないやつにそんなもん作れるか。そこら辺で遊んでろ」

「はい……」

さすがに遊びはしないが、すごすご逃げた。

とりあえず、まだ寒さもあるはずだとウェインの周りの空気を温かくするように魔術で調節してから、最近ちょっとだけ腕を上げた紅茶をお披露目するべくキッチンに向かった。肩の上ではキュイキュイと楽しそうな声が聞こえる。

さて。

コカトリスだと思っていた彼は、一体、今はどこにいるのだろう。

誰にも邪魔されることなく、空を飛んでいるのだろうか。真っ直ぐに、どこまでも。

暖かな炎を、身にまとって。

The Dawn Witch Lacey Wants to Live Freely

「ウェイン、そろそろ休憩にしない？」

屋根に上ってトンカチを振り回す勇者に向かってレイシーは声をかける。

「ああ、そうだな。こっちも丁度きりがいい」

そう言って、ウェインは勢いよく飛び降りた。

足のバネを使って衝撃を殺して着地する。本人はあっさりとしたものだが、驚くべき運動神経だ。レイシーは自分がするのなら……と、想像してみた。魔術を使えば似たようなことはできるが、生身でとなると数ヶ月はベッドの上を余儀なくされるだろう。

レイシーは純粋に国一番の魔法使いとして魔王討伐に向かったわけだが、ウェインは聖剣に選ばれた。レイシーは、いうなれば彼女以外の誰でも問題はなかったけれど、ウェインは違う。

しかし魔王を倒した今ではすでに聖剣も封印されて、彼が代わりに小脇に抱えているのは木の板、反対の手にはトンカチである。似合いすぎて怖い。

（考えてみると、パーティーのみんなは、そろいもそろってスペシャリスト達《たち》だったな……）

貴族も、レイシーのような平民も関係なく純粋に技能のみを観点にして集められたのだから、当たり前といえば当たり前なのだが。

その代わり人格の面においては考慮されていなかったため、変わり者達ばかりだったと思い出し苦笑してしまった。まとめ上げるウェインは苦労したものだが、その問題児達の中にはレイシー自身も入っていることに彼女は気づいていない。

「紅茶を淹《い》れてみたんだけど、よかったらどう？」

「レイシーが？　そりゃすごいな……！」

練習はしたけれどそんなに期待しないでね、という言葉はもちろん付け足す。ウェインは舌が肥えた男であるはずだが、「ニンジンのまるかじりから進歩がすごい」と感動している。父親か。

せっかくだ、とレイシーが作った畑を見つつ、お茶をすることをウェインは提案した。

簡易の椅子とテーブルを作って、手のひらをカップで温めながら座り込む。

目の前には立派な薬草畑だ。五メートル四方の畑の中にはわさわさと薬草が詰まってある。そろそろ冬も終わり春の訪れも近くなってはきているが、厚みのある鉛色の空と風景は色合いが少ない。

その中で、眼前には目が覚めるほどの鮮やかな緑だ。……鮮やかすぎるほどに。

「……レイシー。俺が知っている薬草とは、随分大きさが違うんだが」

「うん。薬草ってその気になったらどこまでも大きくなるのね、知らなかった」

「多分知ったのは俺達が初めてじゃなかろうか」

ウェインからもらった薬草は手のひらサイズだったはずなのに、今ではレイシーの背丈ほどの大きさになってわっさわっさと風に揺れて躍っている。この光景を見れば間違いなく薬師達は卒倒する。

「……さっき、俺にくれたものはこいつらじゃなかったのか？」

「それは生えたてのものを摘んだから。さすがに一本まるまる渡されても困るでしょ?」

「気を回してくれてとても嬉《うれ》しいよ。涙が出そうだ」

背中に紐《ひも》をつけて抱えなきゃいけないところだった、とウェインは呟《つぶや》いた。抱っこ紐を使うのだろうか。

「売ったら一財産になるとは言ったけれど、これは売る相手を考えた方がいいな。ほいほい渡していいものじゃない」とウェインは神妙な声だ。レイシー以上にこちらのことを気にして考えを巡らせてくれている。申し訳なく、紅茶のカップと一緒に肩身を狭くさせるしかない。

そのとき、ぼすりと薬草の間から鳥が飛び出した。

「キュイッ、キュイキュイッ」

おやつ代わりだと思っているのだ。レイシーが作った薬草は回復力もさることながら、成長も恐ろしく早い。なのでこちらとしても消費ができてありがたいのでそのままにしているけれど、本当にいいのだろうかと思わないでもない。

「……食ってるぞ」

「そうなの」

「ただでさえ回復力の高いフェニックスが、これ以上の何かに変わらないか?」

「……そうなの」

フェニックスという名の何かに変わりそうで怖い。

ううん、とウェインは一つ息を吐き出し、「まあ悪いようにはならないんじゃないか」と諦めることにしたようだ。ウェインは色々と世間知らずなレイシーが不安でたまに様子を見に来ようと考えるが、今後来る度におかしな変化があるのでは？　と今のうちに覚悟を決めることにした。

「キュイ〜〜、キュウンイイ〜〜……」

「フェニックスのやつ、うまそうな顔をしているな。……ええっと、こいつ、名前はあるのか？」

フェニックス、とは種族名だ。

複数匹同時にテイムする者の中には名付けをしない者もいるが、名付けはした方が不便はない。

「ええっと」とレイシーは少し困ったように、先程から何か言いづらそうに口元をもごつかせている。

「その、ウェインには、まだ言っていないことが、あるんだけど……」

「……おう」

ウェインの眉の間には深いしわが刻まれている。目をつむりながら、ゆっくりとレイシーが淹れた紅茶を口に含む。

「いいぞ、覚悟はできた。どうせ俺の想像以上のことが来るんだろ？」

「そ、そんなことは。ただ、その……この子の名前と、ウェインがさっき言っていたことに関係していて」

首を傾《かし》げる。先程からいつも以上にレイシーが体を縮こませていたことには気づいていたけれど、一体なぜなのかさっぱり見当がつかない。

レイシーは小さな口をぱくぱくとさせて、持っていたはずのカップはテーブルの上に置き、いつの間にか大きくさせた杖《つえ》を固く両手で握っている。レイシーは不安なことがあると杖を大きくさせて握りしめる癖がある。

「……別に、何を聞いても怒らねえよ。いや、怒ることはあるかもしれないが、今更なんだろ。手加減するから安心しろ」

実はここ数日何も口にしていない……などとでも言い出したら今すぐ首根っこをひっつかんでキッチンに連れ込むので、とりあえず内容による。

「ええっと、その」

レイシーはもごつきながら杖を膝の上に置いて、大きな帽子のつばも引っ張り顔を隠す。

不思議そうな顔をしたフェニックスが、彼女の足元までやってきた。つい、とレイシーの足に頭をくっつける。「くすぐったい！」と声を出して、そのまま勢いよくウェインに告げる。

「さっき、この子の親が、お客として、一人目と言ったんだけど、店ということを認めてしまうのなら、実は、その、二人目もいて……」

驚いて、彼は少しばかり瞳を大きくさせた。

どうやらこのプリューム村でのレイシーの生活は、意外なことに穏やかなものではなかったらしい。帽子に隠れてしまったヘーゼル色の瞳を静かに伏せて、レイシーは続けた。

「この子の親が嵐の中を飛び立った、次の日のことになるんだけど……」

嵐の夜、星空を駆け抜けていくかのように飛び立っていったフェニックス。

残されたヒビが入った卵を、レイシーはただ呆然《ぼうぜん》と見ていた。頭の上は魔術で屋根に穴をあけてしまったため、見晴らしがいい分すうすうする。

さらに少しずつ大きくなるヒビを見つめて、その度に驚き、後ずさる。つまり、これって――考える間もなく、卵は再度揺れた。レイシーは慌てて手を伸ばした。

思わず近づいてしまったそのときだ。ぱきんっ、とひときわ大きな音が聞こえた。初めに割れたカラから覗《のぞ》いたのは、ふさふさのお尻だった。真っ赤な燃えるような羽の色は、親と同じ。

頭に大きな卵のカラをつけたまま、ぱたぱたとその子は翼を広げて、ゆっくりと頭を回した。生まれたての手のひらサイズだ。

「キュイ」

小さな声が聞こえる。金の瞳がくるくるしつつ、レイシーを見つめた。

座り込んで呆然としているレイシーを他所《よそ》に、フェニックスの子どもは生まれたばかりだというのに、「キュイキュイ」と楽しげに首を揺らしてよたよたレイシーのもとに歩いてくる。

(……これは、ど、どうすれば)

短い間の同居人が残した大きすぎる荷物だ。レイシーは頭を抱えた。そしてフェニックスはというと、やっぱり嬉しそうにキュイキュイしていた。

一晩明けて、レイシーは珍しく村に下りた。

これから長く住むはずとなる村なのだから、もっと頻繁に顔を出すべきだと思ってはいるものの、

中々足が向くことはない。

名前を知っている村人といえばアレンくらいで、買い物が必要なときも大きな帽子で顔を隠し、用件を急いで伝えて屋敷まで逃げ帰っていた。進歩をしつつ、後ろを向いて、それでもやっぱりとレイシーは少しずつ変わっている最中なのだ。

いつもはかぶっているはずの帽子もフェニックスの子どもが気に入ってしまったため、今頃は帽子を反対にひっくり返して寝床代わりに使っているだろう。

レイシーは口元を必死に引き結びつつ、猫背のままに必死に足を動かした。やっぱりローブのフードが懐かしい。

(フェニックスって、一体、何を食べるの……?)

コカトリスだと思っていた魔物は成体だったから、放っておいても自分で好きなものを食べたし、盗んでいた。雑食であったように思うけれど、本当にそれでいいのだろうか。なんせ生まれたばかりだ。今はすっかり気持ちよく眠っているけれど、とにかく肉でもなんでも確保して、目の前に並べるべきだろうか、とウェインが見れば怒り狂うほどに偏った食材しか存在しない屋敷のキッチンを思い出した。

慌てているものだから、どんどん足が速くなる。屋敷から村までの道を駆け下りた。昨日の嵐の爪痕はいたるところに残っていて、ひょいと指先を回してなぎ倒された木々を移動させながら周囲を確認し、跳ねるように飛び越える。

たどり着いたときには、いつもの村とは随分様相が変わっていた。

壊れた家もいくつかあり、通り過ぎた嵐の激しさを改めて理解する。慌てふためいている様子の村人達はレイシーに目をくれることなく、大声で何かを話し合っている様子だ。川、やら。水、やら。少なくとも、来るタイミングを間違えたようで、目当ての雑貨屋も開いてはいないかもしれない。

深呼吸して、考えて、すごすご逃げ帰るべく反転したとき、悲鳴が聞こえた。村人の一人が崩れた家に押しつぶされたのだ。運が悪いことにも軒下にいたらしく体の半分しか見えていない。大の大人達が数人がかりで引っ張り出した足元は悲惨なものだ。さらに場は騒然となっていた。

「すみません、ちょっと」

一呼吸の間に、すぐさまレイシーは駆けつけていた。飛び込んできた小さな少女に驚いたのか、村人達はすんなり道を明け渡した。レイシーは頭を下げて、倒れ込んだ男の前に座り込み確認する。

息も絶え絶えな様子の男はどこか見覚えがある。そばかす混じりで、笑いじわが目立つ顔だ。けれども、ゆっくりと記憶を遡らせている場合ではない。

丁度いいことに、レイシーの腰につけられたバッグには特級の回復薬が入っている。フェニックスのために作って、余ったものをそのままバッグの中に入れていたのだ。血の気がひいた男の顔を確認し、まず飲み込むことは困難だと判断した。

「痛みます。我慢してください」

服を切り裂き、患部に直接塗りつける。口から体内に摂取すれば、無理なくゆっくりと回復力を底上げすることができるが、今回は場合が場合だ。ひどすぎる外傷や部分欠損の場合は、直接外から塗りつける必要がある。ただし、人よりも耐久力のある魔物ならばともかく、剣で斬りつければすぐに血が噴き出すような柔らかい肌を持つ人間にとっては、急激な変化は苦痛にも変わる。

じゅう、と肉が焼けるような音とともに、声にもならない悲鳴が響いた。

「あんた、何をしたんだ！」

周囲の村人に肩を摑《つか》まれる。レイシーは冷静なままに患者を確認する。痛みが激しい分、効き目は申し分ない。

「回復薬です。大きすぎる外傷なので、直接塗りつけました」

からっぽになった瓶を持ち上げ振るうと、村人は困惑のまま瞬きを繰り返した。

「あんた、医者か、それとも薬師か……？」

「違います。ただの魔法使いです」

はっきりと言い切るレイシーに、はあ、と村人は曖昧な返答をする。

人を相手にすると、どうしても、もごついてしまうきらいのあるレイシーだが、こと、魔術において、また人命の救助においては異なる。一秒の差で結果が変わってしまうことを、ウェイン達との旅で嫌というほど思い知らされてきた。

みるみるうちに回復する傷を確認し、レイシーは静かに息を落とした。

「あとはよろしくお願いします」

外傷が治ったとしても抜け出た血が戻るわけではない。命には別状はないがしばらく意識は朦朧《もうろう》とするだろう。服の裾を叩《たた》きながら立ち上がろうとしたところで、強く腕を摑まれた。

驚いたことに、レイシーを引っ張ったのは怪我《けが》をして先程まで意識を失いかけていた男だ。笑いじわのある目尻は今はひどく苦しげで、動くことも辛《つら》いだろうに。それでもなんとかレイシーの細い腕を握りしめてはいるものの、幼い少女を相手にしていると思っているのか、どこか迷いも見える。

「あの……？」

「君は、もしかして、村外れの屋敷に住んでいる、魔女か……？」

おそるおそる、頷《うなず》いた。そうか、と男は呻《うめ》くように息を吐き出した。

「あの、まだ無理をしない方が」

「助けてくれたことに、礼を言う……。ただ、重ねて申し訳ない、先程俺に使った回復薬は、まだ残っているだろうか、謝礼はもちろんする、お願いだ、貴重なものであることはわかる、恥を忍んで、願う……」

そこまで告げたところで、男は一瞬、意識を手放した。

「カーゴ！」

見守っていた周囲の村人達が男の名を呼んだ。

どこか見覚えがあると思ったものの、やはり知らない名である。

カーゴと呼ばれた三十路《みそじ》を過ぎた頃のよく日に焼けた男は、またすぐに薄く目を開いた。もとは優しげであるはずの瞳を必死に薄く開き苦しそうにさせて、立ち上がることもできないまま浅く息を繰り返す。

事情は、わからない……けれど。

申し訳なく、レイシーは頭を下げた。

「すみません、作り置いている回復薬は、今のものが最後で」

言葉を続ける前にカーゴは長く息を落とした。レイシーを摑んでいた手を力なく放して、倒れ込んだまま片手で自身の顔を隠した。

「そうか、そうだな。当たり前だ、貴重なものだったんだろう。それを、俺なんかに、なんてことだ……」

「あの、でも」とレイシーが再度伝えようとしたとき、「父ちゃん！」飛び込んだのはオレンジ髪の、いつも元気な少年だ。

「父ちゃんがすげえ怪我をしたって、向かいのおばさんが！　こんなときに父ちゃんまで、どうすんだよお！」

泣きながら飛び込んできたアレンをカーゴがゆっくりと受け止める。そして違和感に気づいた。服は破れていて、血だらけだ。けれども傷は塞がっている。困惑する周囲の空気も感じたのだろう。くるくると辺りを見回した。

「……レイシー？」

「アレンのお父さんだったのね……」

どうりで会ったこともないはずなのに見覚えがあるような気がした。並んでみると彼らはよく似た父子だ。緊急であった回復薬の使用も終わって、後は普段の通り段々と自信がなさげに小さくなっていくのみのレイシーだったが、アレンがいるのならば別だ。彼は何度も遠い屋敷まで重たい野菜を抱えてやってきてくれた。

「何かあったの……？」

尋ねると、アレンはカーゴに抱きついたままぐっと唇を噛《か》みしめた。カーゴの傷が塞がっていることに気づいて止まっていたはずの涙がまたぼろりとこぼれ落ちる。いや、彼はずっと、泣いていたのだろう。そんなアレンを、カーゴは静かに抱きしめた。

——あれはフェニックスと出会った日のことだから、二、三ヶ月は前のことだったろうか。

アレンは妹か弟かまだわからないけれど、兄妹が生まれるのだと言っていた。

その日のことをレイシーはよく覚えている。椅子に座ったまま、声変わりが終わったばかりの声を嬉しげに弾ませて、アレンはテーブルに肘をつきながら両手にほっぺたを乗せていた。

なんとか事情を聞いて、レイシーは未《いま》だに回復の痛みで体を引きずるカーゴをアレンと支えつつ、急いで二人の家に向かった。

「母ちゃん！」

飛び込んだベッドの上には、オレンジ髪の女性が苦しげに唸《うな》っていた。

大きく膨らんだ腹を見て、レイシーは静かに息を吸い込んだ。

命が消えていく瞬間は数え切れないほど目にしてきた。けれどその反対、命が生まれる場となると昨日からの連続で、尻込みしてしまう。

けれど飛び込んだカーゴとアレンの姿を見て、そんな場合ではないとすぐさま首を振る。

「血、血が、止まらなくて、だから父ちゃんが、薬草を探して」

レイシーは出産に対する知識はほとんどない。が、森に自生しているような安価で取り引きされるような薬草でも煎じて飲めば体力の回復につながることは理解できる。民間療法の一つだ。

家の中にいる人間は、おそらく家族だけではないのだろう。子ども以外にもたくさんの大人達が入れ替わり顔を出して、声をかけ、額の汗を拭く。

悲鳴や、怒声、子どもの鳴き声と、まるで一つの戦場だった。

アレンの母の枕元にはすでにいっぱいの薬草が詰まれているが、夫であるカーゴは少しでも質のいいものを探して走り回っていたのだろう。怪我をしたのはその中の不幸だった。いや、むしろレイシーがその場にいたことは彼にとっては僥倖《ぎょうこう》だった。

枕元の薬草を再度確認する。事前に準備をしていたのでなければ、一般の家庭にこれほどの量の薬草があるわけがない。薬草は魔力を込めた水の中に浸し専用の瓶に入れると長く保存することができるが、そうでなければ日を追うごとに効力を失っていく。状況は理解した。そしてすぐさま家から飛び出す。驚き、アレンは彼女の名を呼んだ。

「レイシー!?」

「回復薬はないけど、薬草ならたくさんあるから、とにかく、たくさんお湯を沸かして待っていて!」

屋敷に戻って、こんもり茂っている畑に向かい、手が届く限りいっぱいの薬草を収穫した。

すっかり目が覚めていたらしいフェニックスがキュイキュイと首を傾げていたから、帽子をひっくり返したままついでとばかりに持っていく。そのまま屋敷に置いたままにしておくのもどうかと思ったのだ。帽子の中にフェニックスと薬草を詰めて再度アレンの家まで向かい、玄関扉から飛び込んだ。

自分でも、なぜこんなに必死になっているのかわからない。

生きて、死ぬ。そんなの当たり前のことだ。誰もが一度は経験する。けれど、レイシーの行動一つで何かが変わってしまうかもしれないと思うと、指の先まで熱くなる。

命じられたからではなく、レイシーが助けたいと思うから、行動する。

邪魔になる長い黒髪を一つにくくった。

回復薬を作るには時間が足りない。並行して、ただの薬草湯を作成する。

「……魔法使いなんて、見たこと、ねえけど」

誰が、呟いたのかわからない。

ただ呆然としながら、ぽつりと。

「こんなに、すごいものなのか……?」

いくつもの作業を同時に行うレイシーの様を、村人達は固唾を呑《の》んで見守った。

レイシーが指を振るう度に、薬草は形を変えて変化する。湯の中に漬け込み、絞り、細かくすりつぶし、適切な炎で温度を調節する。ただの小さな少女が、驚くべきスピードで形に仕上げていく。

けれども呆然としている場合ではない、と村人達はすぐさま自分達ができることを探して行動する。小さな村だ。全員が家族のようなものなのだろう。

レイシーは、まずは出来上がった薬草湯をアレンに渡した。アレンは恐るおそる、木のスプーンで湯をかき混ぜながら母の口に流し込む。ほんのわずかに、ゆっくりとだが顔に赤みが戻っていく。ほっと、幾人もが息を落とした。

「カーゴさん。回復薬を作っている鍋は火の具合を勝手に調節するように魔術をかけておきました。このまま漬け込んで一時間ほど経《た》てばできます。それまでは薬草湯でつないでください」

「あ、ありがとう。感謝してもしきれない」

「お礼はこのコカトリスに」

「キュイッ！」

親であるフェニックスがいなければ回復薬を作ることはなかっただろう。何度も作り、失敗した経験がレイシーの中で生きている。

フェニックスはまるで自分が言われたとばかりにレイシーの頭の上に乗って、ぐいっと翼を広げていた。カーゴは瞬きを繰り返していたが、思い至ったように慌てた様子で部屋の中に消えていく。戻ってきたときには片手に布袋を握りしめていた。

「もうしわけない……手持ちの金は、今はこれだけなんだ。おそらく足りないと思うんだが……」

ぎょっとした。

いりませんと言おうとして、ふとウェインの言葉が頭をよぎる。

――自分の力で生きるっていうんなら、まずは金を儲《もう》ける手段を作らないといけない。

助けたいと願ったのはレイシー自身だが、善意を伝えるだけでは意味がないのかもしれない。

少し考えて、渡された中から数枚の硬貨をもらう。材料費と手間賃を考えるならこの程度だろうと当たりをつけた。

「アレンには、普段から世話になっているので。このくらいで」

「しかし」

「今回は、緊急事態の押し売りのようなものですから、私の良心も痛みます。また機会があれば、そのときに」

押し問答を何度か繰り返してレイシーが握った硬貨よりもさらに倍を上乗せする形で収まったが、カーゴは申し訳なさそうにしていた。握りしめた布袋はぐしゃぐしゃだ。虎の子の資金だったのかもしれない。それでも渡したいと思ってくれたことが嬉しくて、不思議と重たく感じた。

でもレイシーにできることはこの程度で、あとは本人の体力次第だ。

カーゴも歯がゆい気持ちをごまかすように苦しげに表情を歪《ゆが》めている。

「……本当は子どもが今日生まれるということは託宣師《たくせんし》に言われてわかっていたんです。だから医者が来る前に万一があってもいいようにと薬草もたっぷり準備していたのに」

「……託宣師、ですか？」

「レイシーさんが住んでいらっしゃった場所にはいませんでしたか。子どもが生まれる前に、生まれる子どもの人生にふさわしい名付けをしてくれます。あとは、いつがその子の始まりの日となるのかを占ってくれるんです。うちの村には医者がいません。ですから子どもが生まれるときはその日に合わせて、近くの街に住む医者に往診を依頼します」

レイシーに親はいない。だからどのように自分に名が付いたのか彼女は知らない。レイシーであることに、意味など考えたこともなかった。

キュイ、と頭の上のフェニックスが首を傾げて今度はレイシーの肩に移動する。人生にふさわしい名があるというのなら、どうか健康に生まれてくれることを願った。フェニックスの首筋をちょいといじると、嬉しそうに喉を震わせている。

「……それなら、そのお医者様はなぜいらっしゃらないのですか」

「嵐が」

レイシーは瞬いた。カーゴは、とにかくどうにもならない感情を吐き出すように拳を震わせている。

「昨日の嵐で、村をつなぐ唯一の橋が流されました。規模の割には想像よりも早く嵐は通り過ぎていきましたから期待もあったのですが、だめでした。水の流れも速く、新しく橋をかけることも船を出すこともできません」

嵐がまるで駆け抜けていくように消えていった原因は、レイシーの魔術だ。

切り裂いた空は屋敷の周囲のみだったが、それでも中心部をくり抜いたのだ。いつもよりも早く四散したのは道理である。

けれど、やはり傷跡は残った。

「もうすぐそこに、来ているのがわかるのに……！」

「……橋ではなく、別の場所から来てもらっては」

「どこまで嵐の影響があるかわかりません。道が崩れている可能性もある。無理を伝えることはできないし、そもそも伝える手段もない」

「……そうですか」

向こうには向こうの、こちらにはこちらの事情があるという話だ。

いつの間にかフェニックスがレイシーが持ってきていた薬草をついばんでいた。驚きつつ、こらこらと体を捕まえる。

それからもう一度肩に乗せた。小さくて、可愛《かわい》らしい。

「カーゴさん、もしよければですが、もう一つご依頼なさいませんか。大したことではないのでただのおまけですが」

「……依頼……？」

「はい。お代は、お安くします。――とりあえず、名前なんてどうでしょうか」

なるほど、とレイシーは荒れ狂う河川を見つめつつ息をついた。

これでは下手をすると死者が出る。無理に渡ろうとするものがいなくてよかった、と帽子をかぶり直した。

水は小柄なレイシーを呑み込まんばかりに荒れ狂っている。砕けた橋の残骸が、揺らめき突き刺さる。

さらに良くないことに雲はどんよりと曇り、ぽつりぽつりと雨粒が白い線を描くように降りそそぎ始めた。

「レイシーさん、大丈夫ですか！」

カーゴの言葉に振り向かずに返答する。

「もちろんですよ。カーゴさんは、もっと距離を置いておいてください！」

杖を持った。その隣ではフェニックスが両の羽を動かし、キュイ、キュイと身をよじりつつ不満げな声を上げている。

この子の親は雨が苦手だった。だからこの場にいるのも辛いだろうと考え、「あなたも、あっちに行っていてね」と伝えたとき、フェニックスは小さな体を震わせつつ、力の限り叫んだ。

「ンンン、キュイーン！」

そのとき、ごう、と炎が舞い上がった。

レイシーとフェニックスを包む炎の結界である。先程まで降りかかっていた水滴は結界に触れることなく蒸発する。わあ、とレイシーは嘆息した。

「……あなた、生まれたばかりなのに随分すごいことができるのね？」

「ンキュイッ！」

レイシーの頭の上で自慢げに胸をはっている。

フェニックスの親は魔力羽を切り取られ、かつ魔封じの鎖をつけられ弱りきっていた。そうでなければ同じことができたのか、それとも個体差になるのかはわからないが、すごいことに違いはない。

「これなら、ちょっと派手なこともできるかも」

と、言いながら普段から派手なことを繰り返していることをレイシー自身は理解をしていない。

さて、と歩を踏み出した。彼女の周囲は球体のような炎で包まれている。この炎は、全ての水を弾《はじ》くのだろう。さらにレイシーの風魔法で補強する。荒れ狂う水の中に踏み出した。

「……あっ、あぶな……！」

彼女の背後で、カーゴが叫んだ。

向こう岸で壊れた橋を呆然と見つめている男達がいた。おそらくあの中に医者がいる。何があったと瞳をすがめて、そろってレイシーを見つめていた。

両手で握りしめた杖を水平にしたまま、ゆっくりとレイシーは進んでいく。水の上を歩いていく。

彼女が歩く度に、水面に静かに波紋が広がった。

理解ができないとばかりに向こう岸の男達も、カーゴも自身の目を何度も拭う。そして見間違いがないと気づくと、どよめきに変わっていく。小柄な少女が荒れ狂う川の上を歩いている。まるで夢か何かでも見ているのではないかと疑うような光景だ。

川の中心部まで行き着いたとき、まるでレイシーを呑み込まんとせんばかりに、大きく水が跳ね上がった。悲鳴が響く。けれど、ただレイシーは冷静に呪文を唱え、杖を振った。

出来上がったのは氷の波の彫刻だ。そしてすぐさま杖を地面に突きつける。

そのとき、全ての水は静止した。

レイシーの杖を起点として、少しずつ姿を変化させる。波打つように岸にたどり着いたそれは、すっかり氷に変わっている。もちろん、今度は別の意味で悲鳴が上がった。

ふう、とレイシーは頬を膨らませ吸い込んだ息を、ゆっくりと吐き出した。それからカーゴに振り返り、破顔した。

「しばらくの間は、これで大丈夫ですよ！　歩いて渡ることもできるかと！」

「あ、ああ……」


川の真ん中でカーゴに手を振るレイシーは気づいてはいないが、すっかりカーゴの腰は抜けてしまっていた。あまりにも現実味のない光景だ。カーゴは少女の名前を思い出した。暁の魔女と同じ名だ、と彼の息子であるアレンが笑っていた。それはもう、レイシーはすごい魔女なのだと。

てっきり子どもの戯言《たわごと》かと思っていたが、息子の見る目はたしかだったらしい。

（暁の魔女様と、同じ名前……。いや、そんなまさか）

噂《うわさ》で聞く魔女とはまず見かけが違うし、もし本物だったとしてこんな田舎にいるわけもない。にこにこと手を振るレイシーを見ていると思考がそれてしまったが、こんなことを考えている場合ではないとカーゴは勢いよく立ち上がった。恐ろしいほどの効き目の薬草だった。体の痛みはすでにない。

「く、う、わあ！」

腹の底から叫び気合を入れて氷の上を滑走した。人生で初めての体験だ。けれどもきっと、これから一生ないことだろう、とも考えた。

＊＊＊

「……と、いうことがあって」

「お、おお……」

レイシーはウェインとともに歩きながら、つい一週間ほど前のことを伝える。

どこまで言っていいものかと考えつつだったが、結局全てを伝えてしまった。どこかを隠せば、別の何かが破綻するし、下手なごまかしをするくらいならと思わず正直になってしまったのだ。

薬草のくだりについては、ほいほい渡していいものじゃないと言った彼の言葉を思い出してとても言いづらいものだった。でも、もし同じことがあったとしてもレイシーは何度だって繰り返すだろう。

「……まあ、人助けなら仕方ないんじゃないか？」

腕を組みながら、ウェインはレイシーの考えを見透かしたように呟いた。

仮にも彼は勇者であり、人々を救うために旅立った。それがたとえ貴族として政治的に関わり合った否応《いやおう》なくの結果なのだとしても、お人好《ひとよ》しなことに変わりはない。

ウェインの言葉にレイシーはそっと息をついた。

しかしやはり今回は考えなしだった。急いでいたとはいえ、もう少しスマートにできなかったものだろうかと考えつつ、ウェインと一緒にてこてこ歩く。

「……で、俺達は一体どこに向かっているんだ？」

「そのう、報酬を受け取ろうと思って」

あのときは必死だったし、アレンがいるからなんとかなったが、自分から大勢の人がひしめく場所に行くのは緊張する。だから、「ウェインがいればがんばれる」という旨を伝えると、彼は心底微妙な顔をして、困ったようなため息とともにレイシーの頭をなでた。

「どこに行くんだよ、アレンって子の家か？」

「ううん、そうじゃなくて……あっち、だと思う。教えてもらったから」

アレンの家をさらに進んだ村の端、つまりはレイシーの屋敷と対極の場所に位置する少し古ぼけた家だ。レイシーの頭の上に乗っていたフェニックスに声をかけ下りてもらって、帽子を脱ぐ。

「失礼、します……」

薄暗くて、年季が入っている……と思った家だったが、入ってみると意外なことにも住民達が楽しげに集まっている。

もちろん中にはアレンも、彼の父であるカーゴもいる。各自座り込んで、わいわいと話し合っていたが、すぐにアレンがレイシーに気がついた。続いてカーゴも。

「レイシー！　それに……誰だよ？」

ウェインはにっこり笑って片手を振る。嘘《うそ》を答えるくらいならそもそも返答しない。これがウェインのスタイルである。レイシーはウェインを連れてきたはいいものの、どう説明すればいいのか考えていなかった。

ええっと、と口元に手を当てて考えている間に、「わかった彼氏か！」と、ぽんっとアレンは両手を叩いた。

「違うわ……」

「いいからいいから。随分男前を連れてきたな？」

「ふふ、そうだろう」

ウェインはニヤつきながら胸をはる。実のところ、今現在のウェインは姿をごまかすために自分自身に隠蔽魔法をかけている。本来の彼は一目見れば忘れられないほどの男前だが、今の彼は十把《じっぱ》一絡《ひとから》げの容姿に見えているはずだ。なので先程のアレンの言葉はちょっとした冗談である。それをわかってウェインは肯定している。

二人とも見つめ合った後に、ゲラゲラと同時に笑い始めた。

馬が合っているようでなによりだ。

「それで、レイシー。……皆さん勢ぞろいだが、ここは？」

「託宣師のお家よ。大勢いらっしゃる理由は……わからないけど。言ったでしょ、お代は名前をもらいますって。名前には意味があるもの。この子のこと……いつまでも、ちゃんとした名前で呼ばないのは、よくないかなって」

村の人々にはコカトリスで通しているので、フェニックスという部分はとりあえず濁す。

レイシーのもとへ来て一週間。名前もないままのフェニックスの子どもは、キュイキュイと首を傾げている。

「レイシーが付けてやったらいいのに」

「嫌だし、無理よ。この子の人生にふさわしい名前があるのなら、ちゃんとしてあげたいって思う。私が付けようとすると、真っ赤だから、フォティアとか、そんな適当なことになっちゃう」

「別にそれでもいいと思うけど。あと人生じゃなくて、鳥生じゃないか？」

「そういうのはいいから」

レイシーは背伸びをしてウェインの口元に人差し指を伸ばしたから、彼はぴたりと動きを止めた。そのままぐっと口を閉ざしたのは、決してレイシーの口上がうまかったわけではない。誰にも気づかれない程度にウェインは耳の後ろを赤くしつつ部屋の中を見回した。レイシーも託宣師と呼ばれる女性を探す。

見ると、部屋の奥に老婆がいた。

ころころとしていて、可愛らしい。笑い顔が癖になっているのか、目尻に刻まれたしわには好感が持てる。「ババ様」と呼びながらカーゴが彼女にそっと近づく。

「この方がレイシー様だ。娘と妻を救ってくださった恩人だ。名付けをお願いしたのは、彼女とともにいる鳥だそうだ」

「ふょほう」

わざとなのかそうではないのか不思議な返事をする老婆だ。老婆はおいでおいでとレイシーとウェインを片手で呼んだ。

「あたしはね、ババ様でいいよ。ちょっと長く生きてるからね、この村での顔役もかねてりゅの。だから気づいたらみんながお家に来るのよね」

わざとではないらしいが、やっぱり語尾が舌についていかない。にっこり笑うと、しわの中に瞳さえ埋まってしまう。素敵な年の取り方だな、とふとレイシーは考えた。

これから、レイシーはどうやって生きていくかを考えなければいけない。それは終わりまで、どんな道を進んでいくのかということを自分で決めなければいけないということだ。

誰かに決められた道を歩むことはあんなに簡単だったはずなのに、今は真っ暗な夜の中にいるようでなんだか恐ろしくなった。どこに向かえばいいかなんて、まったくもってわからない。

「それで、名前？　そにょこの。あらあ……フォティアでいいんじゃない？」

「いやいやいやいや」

おそらく彼女はレイシーとウェインの会話を聞いていたのだろう。「いいじゃにゃい。フォティア。火という意味ねぇ。炎みたいな子だものね」と言いながらころころと笑っている。

「あの、こちらではきちんとその子に合った名前を付けていただけると聞きました。ですからどうぞ、この子に一番の名前を付けてほしいんです」

名で生き方が変わるのだと思うとあまりにもレイシーには重たすぎる責任だ。

フェニックスを抱きかかえてババ様に差し出す。ちゃんとした意味のある、立派な名前を付けてあげてほしい。レイシーは自分のことなど、何一つ信用なんてしていないのだから。

ババ様は小さな椅子に座ったまま、うふふと笑った。

「レイシーしゃん。名付けなんてものはねえ、別に、何もないところから思いつくものではにゃいの。あたしができることはね、生まれてくる子ども達に『こんな名前はどうかしら？』って聞くことだけ。お腹《なか》の中にいる赤ちゃんに、教えてねと伝えるの。でも、その子はもうここにいるもの」

生まれたての頃よりもぐんと大きくなったフェニックスは、もうレイシーの両手からはみ出てしまっている。

レイシーとババ様を見つめて首を傾げて、キュイッと声を上げる。

「まずは親が、どういった名前にしようと決めて、私が生まれる子に確認すりゅのよ。……たまに決めかねて生まれてからも揉《も》めている子もいるけどねえ。そんな子は生まれる日付だけ教えてあげるけど」

ちらりとババ様が向けた視線の先では、「レイシー！」「ダナ」「レイン！」「ダーナ！」と聞き覚えのある名前をアレンとカーゴが言い合っている。あのとき生まれた子は女の子らしいが、まさかまだ名前が決まっていないのだろうか……？　決まるにしても、レイシーはちょっとやめてほしいかもしれない。と、一瞬思考がそれてしまった。

あんな感じよ、とババ様は笑っている。

「それだけ大切なものにょだから、迷う気持ちもわかるけどねえ」

そうだ、大切なものだ。だから自信がないと怖くなるし、責任だって重たく感じる。素敵なものになってほしいと願うから。

「でも込められた意味と同じくらい重要なのは本人の生き方だもの。もらった名前と一緒に、どう進んでいくのか。……進んでいくことが、できるのか。ねえ、不安なら聞いてみたらどうかしら。その子ならきっと教えてくれりゅわ」

くるくると金色の可愛らしい瞳がレイシーを見上げていた。

レイシーの腕の中にすっぽりと収まりながら、キュイ、キュイ、と歌うように首を傾げて、楽しそうで、愛らしい。

「……フォティア？」

あんまりにも不安だったからとても小さな声で、呟くように伝えてみた。ぱっとフォティアは両方の羽を広げた。

「ンキュイーーーー！」

ざっぱん、とまるで大きな波が叩きつけられたようだった。

足元がふわふわして右も左もわからなくなる。たしかに、自分は今、命を抱きしめているのだと思うと、体が震えた。ふらついて、ウェインの手に支えられて、気づけば柔らかくフォティアを抱きしめている。ふわふわの羽毛は温かい。

まるで暗い夜の中の道標だ。そう思うと胸の奥が奇妙に熱くて不思議だった。

「レイシー！　名前は決まったの？」

けれどアレンに話しかけられたものだからすぐさまレイシーは弾かれたように顔を上げた。一つ瞬きをした後に大きく息を吸い込み吐き出して、今度はゆっくりと自分の腕の中を見下ろした。

「……うん、フォティア。言いづらいからティー、になるのかな」

「キュイッ、キュイッ」

「嬉しそうだしいいよなあ。うちはまだ決まってないんだけど、結局俺達が採めたところで母ちゃんの鶴の一声で決まりそうな気がする」

あれほどのことがあったのだから、アレンの母は今はまだ養生中なのだろう。レイシーはくすりと笑った。

「そうだそうだ、父ちゃん。この兄ちゃんがいるなら丁度いいや、家から持ってこようよ！」

アレンの言葉に、カーゴはそうだなと深く頷き、「すまないがちょっと待ってくれ」と言葉を残して消えていく。

「さすがに代金が名付けってのはさあ。ババ様がビシッと決めるものじゃないし」

「たしかに想像とは違ったかも。でも別にこうして決まったんだから……」

「いやこっちの気がすまない、ということで、父ちゃーん！」

ババ様の家とアレンの家は比較的近い。すでに用意もされていたのだろう。戻ってきたカーゴが抱えていたものは箱詰めされた山盛りの野菜だ。

ただでさえアレンから定期的に野菜は配達してもらっているというのに、どすんとカーゴの手から下ろされた箱を見てレイシーは呆然とした。

「さ、最高じゃないかぁ！」

その中でウェインは両手を打って喜んでいた。彼はどんな形でもウェインはレイシーに食わせることを目的にしている。

「俺がいない間のレイシーは君に任せた」

「任されたよ！」

本人を差し置きぐっとアレンと握手まで組み交わしている。

「けれどアレンくん。多分あいつは言わないだろうから一応伝えておくが、レイシーはこれでも十五だからな。多分君より年上だ」

ウェインが続けた言葉を聞きつつ、別にそんなことを今言わなくてもいいじゃないだろうかと呆《あき》れたところ、アレンはウェインと握手をしたまま、「エッ!?」とあんぐりと口をあけた。

そして幾度もウェインとレイシーの間で視線をさまよわせている。そこまで驚くことだろうか。

……驚くことだったんだろう。

「レイシーじゃなく、レイシー姉ちゃんだった!?」

驚愕《きょうがく》の叫びとざわつく周囲の声を聞いて、別になんでもいいですと答えている間に家の外ではまた元気な声がする。

「村長さんいらっしゃいますかねぇ！　いやね、そろそろお暇《いとま》させていただこうと思いまして、ご挨拶にねえ。はいはい、失礼しますよ、失礼しますよ……はうあーーーー!?」

やってきた初対面の人間になぜだか震えながら指を差された。ぱっと見、狐《きつね》のような男だ。つり目がちの瞳をきゅぅっとさせて、全身全霊で驚いている。

「あのときの、水の上を歩いていた少女ォ！」

どこかで出会ったかな、と思ったら、そういうことらしい。

「こんにちはァ！　あたしはねえ、定期的にこの村に行商に来ているものなんですけど！　あのときは困った困った。積み荷をだめにしちまうところでした！」

そう言って、レイシーの両手を持ってぶんぶんと力いっぱいに振る。ゆっくりとウェインが間に割って入った。レイシーを引っ込めて前に立ち、無言で商人を見下ろす。

「……なんですか、この怖い人」

「……普段はもっと愛想がいいですよ」

たまにウェインは重たい迫力を出し始める。

何にせよ、ありがとうございましたと男はやっぱり狐のように笑って、またこちらには伺いますので！　いつかのときに！　とババ様と村人達に挨拶をしつつ消えていく。

知らぬうちに、多くの人達とレイシーは関わっている。

プリューム村へと彼女が来たのは本当にただの偶然だ。けれどレイシーが初めて自分自身のために選んだ道の一つでもある。

どこに進めばいいかもわからない暗闇の中を闇雲に突き進むのは、とにかく怖い。

けれども決してそれは意味のないものではなく、振り返ると歩いてきた自分の足跡がよく見える。

そう思うと、わずかに恐怖は消えていた。

それは本当に少しだけではあるけれど、レイシーにとっては大きすぎるほどの変化だ。変わった不安は嬉しさに。消えた恐怖はほんのちょっとの楽しみに。

ほんの少しずつ、変わっていく。

＊＊＊

こうしてレイシーは本人の意思とは関係なく、プリューム村の人々の記憶にその姿を刻み込む結果となった。

元ウェルバイアー家の、あの大きな屋敷にやってきた人間は王都からやってきた魔法使いで、小柄な見かけとは相反してどうやら腕も立つらしい……。なんて噂が流れていることはレイシーは知る由もなかったが、彼女自身が目立たぬようにと生きるにはプリューム村という小さな村は狭すぎたのだ。

しかし魔法使いが王都以外に顔を出すことも少なく、村人達は魔術に関しての知識も乏しいため、そもそも魔術とはどんなものだっけな？　という認識が大半で、『暁の魔女』の存在もとりあえずすごく強い、という程度のことしかわかっていない。

だから小柄なレイシーの姿を見て魔法使いにも色々いるものだな、と多くの者は首を傾げた。まさか彼女が『暁の魔女』本人だなんて思いもよらない。それほど姿絵の中にあるような、赤髪で勝ち気な魔女の姿は人々の中に根付いていたのだ。

——そんなことはまったく知らずに屋敷から村に下りてきたレイシーの頭にちょこんと乗ってい

るのはフェニックスの幼体、ティーである。

ばさばさと真っ赤な羽を動かしてしっかりと存在を主張している。

「お、重い……」

「キュイ?」

生まれたときは手のひら程度のサイズだったはずが、どんどん大きくなってしまって今では抱きかかえられるほどになっている。魔物の成長は幼体の頃が一番著しいため、まるで一日ごとに姿が変わっていくかのようだ。

なのでそろそろ首も痛くなってきたから頭に乗るのはやめてほしいという感情を込めて「ティー、あの」と、レイシーは呟きつつ帽子のつばを持った。そしてゆっくりと首を傾げる。

ぱささ……とティーがちょっとだけ飛んだ。ぽす、とレイシーの頭の上に再度着地する。今度は反対に首を曲げた。ぱささ……。

「そ、そんなにどきたくないの!?」

右に、左にと傾げる度にティーは丁度いい場所を探して乗ってくる。最終的に自身のふわふわの体に空気を含ませ軽くして、重さの調節まで始めてしまった。両の羽を開いて、じゃんっ！　とでも言いたげにポーズまでつけている。たしかに軽くなった分ちょっとは楽になったが、そもそも頭の上に載せて持ち運びする大きさではない。

「なんでこんなことに……そういえばウェインが依頼の代金を体で払うつもりなのかもとか言ってたっけ……。だから離れないとか？　まさかそんな」

「ンキュ、んぶいっ!!」

「き、聞いたこともない声で力強く肯定しないで！　そして頭の上で暴れないで、羽ばたかないでー!?」

――そして、わたわた帽子を引っ張り頭を揺らして一人暴れているようにも見えるレイシーを不思議そうに見つめる瞳があった。

「……何やってんのさ、レイシー姉ちゃん」

ティーを頭から下ろすことを諦めたレイシーは呼ばれた声に振り向くと、頬にそばかすが散ったオレンジ髪の少年が訝《いぶか》しげな目でこちらを見ていた。アレンである。

しかしレイシーは帽子を引っ張ったままぴたりと固まり、ひゅえっと喉の奥から奇妙な息を吐き出した。

その場にいたのはアレンだけではなかった。アレンの父のカーゴと、そしてもう一人。見覚えのない鋭い目つきの男がレイシーを睨《にら》むように見つめていた。

「レイシー姉ちゃんが珍しいね、自分から村に来るだなんて」

「えっ、あ、そう、うん。ちょっとね……」

ウェインがレイシーの年が十五であると伝えてから、いつの間にかアレンのレイシーに対する呼び方は変わった。レイシーは別に自分の年がどう思われていようと問題ないのだが、アレン本人が気にするのなら仕方がないので触れないことにしている。だからそのことはいいのだけれど、とアレンの隣でにこりと笑っているアレンとよく似た男、カーゴに小さく会釈をした。

そしてさらに視線を移動させる。

「食器を、調達しようと思って……」

じろり、と三人目の男がレイシーを見下ろしていたから思わず口を一文字にしてしまった。

心臓がどくどくしている。レイシーの人見知りは筋金入りだ。ちょっとくらい慣れたと思っても魔術とも戦いとも無縁な状況、つまりは今のような日常の中で鋭い瞳を向けられると、握りしめた手の内側にじわりと汗が滲《にじ》むのを感じた。

珍しく体まで震えている。と思ったら頭の上でティーが上下にばさばさしている振動が伝わっているだけだった。ややこしいのでやめてほしい。

ちょっと降りていてねとお願いすると、やはり賢い子だ。先程までとは打って変わってするりと地面に降り立ちレイシーの足元にもふりと座り込んだ。ティーはフェニックスであるが、コカトリスだと勘違いされているにしても魔物には変わりない。村を自由に出入りできる魔物はテイムされたものだけだ。

「……あの、えっと」

奇妙な沈黙が流れてしまった。声をかけられたから返答した。それだけのことなのに、間違ったことをしてしまったのではないかと不安になる。レイシーはいつもこうだ。人と向かい合うと、何を話すことが正解なのかわからなくて喉の奥がひりひりする。

「レイシーさん、この間はお世話になりました。妻も改めて礼をさせてもらいたい、と言っているんですが、すみません、少しまだ落ち着いていなくて……」

「も、もちろんです、もちろんです！」

そんな中、いち早く空気を読んだのはカーゴだった。何がもちろんなのか返事をするレイシーもわからないが、とにかく今は肯定することしかできなかった。でも何も二回も繰り返す必要はなかったな、ともうすでに後悔している。

そもそもお礼ならカーゴからお金も、野菜もたっぷりもらっているのにと今度は遅れてもやもやしてきた。

「あの、おきっ……」

「それで、こいつの名前はセドリックといって、村で唯一の食事処《どころ》をしているんですよ」

「こんにちは」

お気持ちだけで……と、言おうとした言葉は、あっさりカーゴにかぶって流されてしまった。ひゅるりと悲しい風が吹いているような気がする。

セドリックと紹介された男はあまり愛想のよくない声で返答をした。縁の細い眼鏡をかけた痩せぎすな体をしていて、ちらほらと白髪が交じる髪を後ろになでつけている。おそらく四十代かそこらだろうが、レイシーは人の年齢を見極める慧眼《けいがん》など持ち合わせていないので、多分カーゴよりも年上だろうなという程度しかわからない。

セドリックは細身の外見の割には料理人らしく節くれだった指をしていた。

「この間、嵐が来たじゃないですか。それでその……そのとき潰れた家の屋根に押しつぶされたのは俺なんですが」

苦い表情をするカーゴは、痛みや絶望を思い出しているのかもしれない。

「だからあの後すぐに村の男手で他に倒壊する可能性があるものがないかを確認はしましたが、いつまた同じ嵐がやってくるかわかりませんし、手分けして再度の確認を行っている最中なんです」

「そうなんですか……」

一度確認しただけでは見逃しがある可能性がある。そのため目を変えて別の場所を見て回っているわけだろう。

カーゴの説明の間も、セドリックは薄く瞳を細めて腕を組んでいる。まるで自分はぴくりとも動くつもりはない、とでも言いたげなポーズに見えた。

「僕とカーゴは友人だ。とても仲がいいのでね。息子であるアレンくんとともに仲良し三人組となったわけだ」

「…………」

「ジジイの濁った瞳でも異変を逃すことなくつぶさに報告してみせよう」

でも実は想像以上にやる気に満ちあふれているらしく、セドリックは抑揚のない声と表情のまま感情すらも乗せずに淡々と話した。摑みどころがなさすぎる雰囲気だがカーゴ達にとってはいつものことらしく「セドリックはまだジジイじゃねぇだろ?」とアレンが軽く反応しているだけだ。

「……ええっと」

「姉ちゃん、引き留めちゃってごめんな。食器だっけ？　それならテオバルトのおっちゃんの店がいいよ。あそこならなんでも売ってるから」

そいじゃ、とアレンが手を振った。カーゴは自身の手に持っていた紙に何らかのメモを書き終えた。次の確認場所に向かうつもりなのだろう。レイシーに挨拶代わりに頭を下げて、くるりと背中を向けた。そのときだ。

「待ってください！」

一体、誰がこんな大声を出したのだろうと驚いた。

するとアレンとカーゴ、そしてセドリックでさえもわずかに瞳を見開いてレイシーを振り返って見ている。誰が、ではない。レイシーが叫んだのだ。心臓がとにかく大きな音をたてていた。どきどきして、とにかく怖い。

「わ、私にも、お手伝いをさせていただけませんか……！」

「レイシーさんも？　いや、お手をわずらわせるわけには」

「いっ、今皆さんがしていらっしゃる作業は、プリューム村の住民の方々が手分けして行っていることだと思うんです！　ですから、わ、私も、その！」

こんなことを、言ってもいいのだろうか。わからない。それでも。

「この村の住人として、手伝わせて、ください！」

そう叫んだとき、レイシーの心の中に最初にやってきたものは羞恥だった。

この村の住人として、だなんて自分なんかが言ってもいいんだろうか。何を言っているんだと呆れられてしまうのではないだろうかと考えたいのだ。

ぶるぶると震えながら顔を真っ赤にするレイシーを前に彼らは互いに目を見合わせた。――そし

て結論として、レイシーの提案は受け入れられた。

カーゴは破顔してよろしくお願いしますと頭を下げたから、レイシーも水飲み鳥のように何度もたくさん頭を下げた。

「とりあえず手が空いている男手で回っているだけだから、別に姉ちゃんをのけものにしようとしたわけじゃないよ」とにひりと笑うアレンを相手にやっぱり耳が熱くなってしまったけれど、言ってよかったとほっとしていた。覚悟を決めたときはとにかく緊張したけれど、過ぎ去ってみるとまるで大したことではなかったかのように思える。

そして村を見て回る中で、意外なことに一番の活躍を見せたのはティーだった。なんせティーには羽がある。レイシー達の目が届かない箇所まで確認することができるのだ。危険性があると感じた場所には、応急処置としてレイシーの魔術を使用した。屋根に穴をあけたまま放置していたレイシーにぷりぷりと怒っていたウェインにリベンジすべく、こっそりと魔術を開発していたのだ。

こうして日が沈む間までに予定よりも多くの場所を回り終え、やりきった四人と一匹は、オレンジ色の光の中でほうっと息をついた。

「鳥くん、君は大活躍だったたな」

相変わらずセドリックは淡々とした感情が読み取れない言葉を話しつつではあったけれど、ティーの頭を見えないほどの素早い動きでよしよししている。真っ赤な体と夕日が混じり合ってどこにいるのかわからないような状態になっているティーだったが、まんざらでもない様子で、「ンキュオッ、キュウイッ、キュキュキュッ！」と羽をばたばたさせつつ喜んでいた。楽しそうでなによりだ。

「もうこんな時間か！　レイシーさん、今日は本当にありがとうございました。アレン、悪いが母さん達が気になるから俺は先に帰るが、ババ様にこのメモを渡してくれ。今回確認した場所について書いてあるから。セドリックも悪いな」

「うん、わかった」

「奥方にはお体を大切にと伝えてくれ」

「あっ、さようなら……！」

レイシーが言い終えるや否や、ぴゅんっと風のような速さでカーゴは消えていった。家には乳飲み子がいるのだから気が気じゃないのだろう。カーゴから受け取ったメモを確認しつつ、ふとアレンは顔を上げた。

「そういやレイシー姉ちゃん、食器を買いに来たって言ってなかった？　俺達すごく助かったけどそれはよかったのかい？」

「うん、急ぎではないというか、今更というか……。この子の、ティーが使うご飯皿がそろそろほしいなって思って」

ティーの食事は主に野菜、そして畑の薬草である。体が大きくなるにつれて食べる量が多くなったため、今までのものは少し使いづらくなってきたのだ。ウェルバイアー家の屋敷には価値のある陶器ならばたくさんあるが、日常使用できるものは少ない。レイシー自身も道具持ちではなかった。

今すぐ必要なものではないからまた明日にしよう、と考えていたとき、「ちょっと待ってくれ」と言って今度はセドリックが走って消えてしまった。どうしたものかと驚いていると、彼はえっほえっほとカゴを抱えて戻ってくる。そしてカゴの中身のいくつかをレイシーに見せた。色とりどりの皿である。

「丁度店が近かったからよかった。使っていない皿ならいくらでもあるからね。もし気に入ったものがあるのなら、と思ったのだけれどどうだろうか」

そういえばセドリックは食事処を開いているとカーゴが説明していた。深くて大きなしっかりとした陶器の皿から数をそろえた小皿まで。レイシー達を待たせまいと急いで帰って見繕って、無愛想なまま走ってやってきたのだろう。

想像して、一秒二秒経ったのち、レイシーは吹き出してしまった。

慌てて顔を引き締めたものの、セドリックに慣れたはずのアレンもレイシーと同じく口元に手を当てて震えている。笑われた本人はといえば眼鏡の奥の瞳をゆっくりと瞬かせた。彼なりのきょとんとしている表情だろうか。

「……何か？」

「い、いえ、ごめんなさい。なんというか、ありがたく思ったんです。本当にいただいてもいいんですか？」

「どうぞ。よければ屋敷まで届けよう」

「ありがとう、ございます」

不思議と素直にお礼を伝えることができた。今日一日、一緒に村を回った後の高揚感があったからかもしれない。けれどもセドリックはわずかに眉をひそめた。

「……ん？　ちょっと待ってくれ。彼女は初めは皿を買う予定だったのにそれを僕が渡してしまうと、テオバルドの店の営業妨害になるのだろうか。アレンくん、どう思う？」

「俺に聞かれても知らんがな」

「そ、そちらのお店にも機会があれば伺います」

「ならばよし」

にこりとセドリックは笑った。妙な緊張感がある人だと思っていたはずなのに、いつの間にかすっかり忘れてしまっていた。

レイシーは改めてお礼を伝えて、セドリックの好意を受け入れた。皿を選ぶのはティーに任せた。なんせティーが使うものなのだから。

ティーが嬉しそうにつんつんとクチバシでつついたのは、内側に可愛らしい黄色の花の模様が描かれている大きな器だ。これに好物の緑の薬草をたんまり入れると、まるで薬草にぽこぽこと花が咲いたみたいで、きっと素敵なものになる。中々のセンスの良さだった。

早速屋敷に戻ってもらった皿を使って山盛りの薬草を食べるティーを見ていると、なんだか誰かと重なった。がつがつと思いっきりスプーンを動かし、うまい、うまいととにかく大きな声で笑う誰か。彼は元気にしているだろうか？

ティーはけぷりと息をついて、まんまるにしたお腹を上にしながら、とうとうごろんと転がってしまった。きゅふう、と満足そうな声が聞こえる。頬に手を添えたまま可愛らしい姿を見て、勝手に口元がほころんでしまった。こんな日々があるだなんて知らなかった。

そうだ。レイシーは何も知らない。自分のこと、そして周囲のことも。

だから知りたい。きちんと自分の足で立って一人でも生きていくためには、きっと必要なことだ。

ふと金の髪の勇者を思い出した。お人好しで、母親みたいに優しい彼に、レイシーは心の大半を預けてしまっている。

だから願った。自由に生きたいと王に願った以外に、もう一つ。

そして、その一歩としてできることはもう見えている。

その男を見て、まるで獣のようだと思うものは多いだろう。

旅をしているというのに随分軽装で、不思議なことに武器の一つすらも持っていない。獅子《しし》のようにぐしゃぐしゃの髪をしていて体つきは大きく、その場にいるだけでも他者を圧倒する。

――駆ける。進む。突破する。

男は拳を握った。襲い来る魔物の叫び声を体中に受け止め腕を突き出す。一匹、彼の腕に狼《おおかみ》のような魔物が嚙《か》みつく、が。

「なぁんの問題もないッ！！！」

鼻で笑い飛ばす。砕け散ったのは、狼の牙だ。

鋼鉄の体であると、人々は彼を称する。

荒野を駆け抜け数多《あまた》の魔物を蹴散らす。しかし頬には、深々とした傷が一つ。

「まったく、水くせえやつらだッ！！！」

本人としてみればそんなつもりはないのだが、まるで叫ぶような声だった。

「レイシー！！！　ついでに、ウェイーーーンッ！！！」

イーン、イーン、イーン……。静かに、森の中にこだまする。何事だとでも言うように、多くの動物達《たち》が逃げていった。

目的地はおそらく近い。あと少しだと自身の腿《もも》を力強く叩《たた》き、ひゅっと口元から息を吐き出した。

＊＊＊

「ンキュイ?」

レイシーの帽子をひっくり返して眠っていたはずのティーが唐突に顔を上げた。

きょろきょろと周囲を見回して首を傾《かし》げる。

「どうかしたの、ティー?」

寝ぼけているのかと思ったが、そんな様子にも見えない。

屋敷は以前よりも随分明るくなった。村人達が長く恐れていたおどろおどろしい空気とは、ティーの親であるフェニックスを閉じ込めていた部屋から漏れ出ていたものだ。それをレイシーの魔術で掻《か》き出して屋敷中を掃除したから、まるで見違えるようである。

大きな明かり取りの窓からはぴかぴかと明るい光が溢《あふ》れていて、屋敷がきらめいているようだ。放置された時間の長さから床板や壁はところどころ傷んではいるものの、丁寧な作りの家具達は細かな装飾が可愛《かわい》らしく、修理をして大事にすればまだまだ使うことができるだろう。

「何かあったのかな」

「夢でも見てたんじゃないか?」

魔物も夢を見るのだろうかという疑問はさておき、背後ではウェインの声が聞こえる。ごそごそとレイシーの髪をいじり、あっちか、こっちかと首を傾げている。

「あのう……ウェイン」

「なんだ」

「もしかして暇なの？」

聞いていいのだろうかずっと気になっていたのだが、とうとう伝えてしまった。

彼は勇者の責務を終えて貴族として、また国の要人として日々を過ごしているはずだ。

けれども相変わらずウェインはレイシーのもとに定期的にやってきて、屋敷内のチェックをしたかと思えばレイシーの衣食住の確認、両のほっぺを引っ張り、伸び具合から本日の体調の確認、最終的には伸ばしっぱなしのレイシーの髪をいじり、編み込みまでしている始末。旅の間も同じようにしていたから違和感はないといえばないけれど、レイシー達の旅はもうすでに終わっている。

王都からプリューム村は馬を使えばそれほど時間がかかるわけではないが、それでも頻繁に訪れる距離ではない。

「言いたいことはわかる」

意外なことにも冷静にウェインは返答し、レイシーの黒髪をいじった。

「しかし事実は違う。俺は暇が多いからここに来てるんじゃない。できた暇を、全部ここにつぎ込んでるんだ」

髪をいじられているからわからないけれど、多分ウェインは真顔だろう。ウェインが王都からプリューム村にやってくるのは、だいたい一月に一度。忙しいとそれ以上の間があく。考えてみると、彼はレイシーが王都を出てから得た休暇の全てを使っていることになる。

何か複雑な味のジュースを飲まされて、味の感想がわからない。そんな気分だ。

息を呑《の》み込んで、吐き出して、腰につけた鞄《かばん》に入れていた小さくしている杖《つえ》を自然と握りしめる。

気持ちの大半にあるのは、申し訳なさだ。

「し」

「し？」

「死にそうで、ごめん……」

ウェインが面白そうに笑う声が聞こえる。

以前に彼がレイシーの様子を見に来たとき、『生きているか不安になった』と言っていた。仲間の誰にも伝えることなく、世間知らずに勝手に家を引き払ってふらふらしていたレイシーだ。面倒見のいい彼だから、思うところがあるのだろう。


——お前、何もないのか？


旅をしていたとき、今よりずっと貴族らしい青年であった彼は呆《あき》れたような顔をしてレイシーに尋ねた。ふとしたとき思い出す光景がある。頭の上では、ころころと小さな星が流れ落ちていた。

そのときからだ。ウェインが、レイシーを気にするようになったのは。

レイシーはいつかウェインを解放したいと思っている。甘えすぎている自分を恥じる気持ちが、少しずつ、染み入るように溢れていく。

彼が勇者として仲間を思う責務は、もうとっくの昔に終わったのだから。

「ん、死ぬな。……最近、飯は食っているみたいだから、安心はしてるけどな」

「たまに忘れそうになるけど、なんとか」

「忘れてんのかよ……」

「あと、お金を稼ぐわ。何でも屋、始めてみる」

「そうだな、ティーもいる」

「ウェインに心配なんてかけない」

「おう。がんばれ」

しゅるしゅると、髪の毛をいじる音が聞こえる。

(私は……)

瞳をつむると優しい指先を感じた。

言葉もなく、静かでほっとする時間だった。ゆっくりと気持ちを呑み込む。

(私は、ウェインと、距離を置きたい)

これはレイシーが自由になりたいと願ったこと以外の、もう一つの願いだ。

少しだけ悲しいけれど、必要なことだ。そのためには、きちんと自分の足で立てるようにならなければいけない。いつまでもウェインの足を引っ張りたくはない。

気合を入れた。ぐっと唇を噛んで、ぱちりと瞳をあけて前を向く。

そのときだ。ウェインが耐えきれないように笑った。腹を抱えてげらげらしている。これは彼が悪戯《いたずら》に成功したときの顔だ。

一体なんなのと、わけもわからず周囲を見回したとき、妙に頭が重いことに気がついた。不思議な物体が、頭部の左右にぽっこりと二つくっついている。

慌てて鏡を探した。

「ウェイン、何これ!?　頭に変なのがついてる！」

「題名、ネズミの頭。いやいや可愛い」

「か、髪を丸めて頭の上にまとめたの……!?　や、やだ外せない、もとに戻らない、どうやったの、取り方がわからないわ！」

「たまには違う髪型もいいだろ」

「よくない！　帽子がかぶりづらいもの！　顔くらい隠させて！」

「そのままでいいと思うけどな。なあ、ティー」

「ンキュイイイッ！」

よくない！　ともとに戻らない頭を隠すように、真っ赤な顔をしてレイシーはティーから帽子を取り上げた。頭のお団子が邪魔をしていつものように深くかぶることができずに暴れる。その様子を、ウェインは笑みを押し殺すように見つめている。

「たのもーーーう！！！」

二人が言い合っている最中のことだ。びりびりと屋敷中の窓という窓が激しく震えた。レイシー、ウェインはともに顔を上げて、レイシーは杖に手を伸ばし、ウェインは鋭い瞳で拳を握る。

「たのもーう！　たのもう、たのもう！　誰もいないのかーーー!?」

まるで声自体が武器のような大きさだ。

あまりにも久しぶりだったから反応が遅れてしまった。けれどこれは聞き覚えのある声だ。レイシーはウェインと目を合わせて、そっと部屋の扉をあけた。

二階の吹き抜けから顔を出して見てみると、いつの間にか玄関から入り込んで、きょろきょろと周囲を見回している一人の男がいる。

「ブルックス……？」

「お、おおー！　レイシーか！　久しぶりだなあ！」

灰色の獅子のような、大きな体軀《たいく》を伸ばして、男は片手を上げた。

男の名前は、ブルックス・ガージニー。

一年と数ヶ月前に出会い、ともに旅をして魔王を打倒した一人。

——鋼鉄の、戦士である。


ブルックスは一言でいうと、あつい男である。熱いし、厚い。体の厚みは、レイシー三人分程度はあるんじゃないかと疑う程度だ。

いつまでも見下ろしていては失礼だろう、とレイシーは慌てて階段を駆け下りた。その後ろをウェインがゆっくり追いついて、キュイキュイ言いながらもティーもてこてこ歩いてくる。

「ウェインもいるじゃあないか！」

「あ、ああ久しぶり、ブルックス……」

「丁度いい、みんなで食おう、土産だッ！！！」

何かを背中に抱えていると思ったら、立派すぎるイノシシだった。

「い、いら……」

思わず本音のままに、いらないと告げてしまいそうになったところで、レイシーは冷静に首を振る。いけない。こういうところがよくない。ブルックスも、ブルックスなりに考えてのことなのだから。

セドリックから皿をもらったときのように、まずは好意を受け取ろう、と顔を上げた。

「ありがとうブルッ」

「ぶもおおおおおお！！！」

「うっかり殺し忘れていたな！！！」

「そんなうっかりがあるか!?」

「クス……」

すっとレイシーの意識が遠くなった。そうだ、数ヶ月ぶりだからすっかり忘れていたというか、忘れようとしていたというか。ブルックスは大きすぎる男だった。

立ち上がったイノシシはまずは怒りに震えた。このやろうとばかりにぶもぶも叫び、四本の足を床に叩きつける。そしてブルックスに向き合った。

イノシシとブルックスは言っていたが、長すぎる牙はどう考えても魔物である。一般的なイノシシの範疇《はんちゅう》には収まらない強さであるはずだ。

「ん？」

しかしブルックスは腕を組んだままイノシシを見下ろした。

「ぶ、ブキュ……ッ」

あまりにも気の毒。恐ろしいことに、彼は常時威圧を行っている。

それならばとイノシシはパーティーの中で一番弱い者を狙うべく、視線を回した。

彼の目に映ったのはレイシーだ。大きな帽子のつばを引っ張り体をぐらつかせて、イノシシと目が合うと驚くように瞬く。弱い者から制圧する。それが様々な困難を乗り越えたイノシシの流儀であった。しかし悲しいことにイノシシは気づかない。そもそもこのパーティーに最弱など存在しないことに。

ぶもお！　と飛びつかんと前足に力を入れた瞬間、イノシシは激しい殺気を感じた。冷徹なまでに冷えびえとしている。少女ではない、その隣に立つ一人の男だ。ただの金髪のイケメンかと思いきや、背後には死神が見えている。イノシシは死を覚悟した。飛び込んだ足を反転させ、見事なまでに逃亡する。

「ぶんもおおおお！！！！」

おそらく何らかの捨て台詞《ぜりふ》を叫んでいる。

「……危機回避能力が恐ろしく高いイノシシだったな」

「……このまま村を襲わないかしら」

「方向も違うし、村には魔物避《よ》けもあるだろう。大丈夫だと思うがな」

「土産がなくなってしまったなッ！！！！！」

そういう問題ではない。

そのとき、寝起きだからか羽を使うことなくゆっくりとレイシーの足元へ歩いてきたティーの姿をブルックスは確認した。しなやかに腕を伸ばし、素早くティーの頭を鷲掴《わしづか》みにして座りながら見下ろす。若干瞳孔が開いている。

「腹の足しにもならんかもしれんな……」

「ンンキュイイイイイイ!?」

「さすがにそれだけは絶対にやめて！！！！！」


自分でもあれほど大きい声が出るとは思わなかったと、レイシーはへたり込みながら山盛りの料理を平らげていくブルックスを見つめた。

「久しぶりに食うウェインの飯はとにかくうまい！！！」

「そうかよ、そりゃよかったよ……」

テーブルの上には野菜をふんだんに使ったフルコースだ。それが皿の端から消えていく。ブルックスが座る椅子は、通常のサイズであるはずなのに間違って子ども用に座ってしまったみたいだ。

以前にティーの食べっぷりを見てブルックスを思い出してしまったが、桁違いだったわ、と実物を見て改めて感じる。

ウェインはどこから取り出したのか頭につけた三角巾を片手で剝ぎ取った。腰に回したエプロンが妙に似合っているというか、似合いすぎているというか。

そもそもウェインは貴族の子息である。そんな彼がなぜこうまで家事に精通しているかというと、魔王討伐のために集められた面々がそれぞれ食わせ者すぎたからだ。

みんながみんな自分自身のことにしか興味がなく、ブルックスはとにかく鍛錬のみしか頭にない。もちろん食事の係を割り当てれば任せろと胸を叩くものの、出てくるものは魔物の姿焼きばかり。自分でもおかしいと首を傾げてはいたが、改善はしない。というか、できない。

過去の仲間達はそれぞれ有能の皮をかぶったポンコツ達であり、任せる内容によっては驚くべき成果を出すものの、こと、旅をするという面に置いては彼らほど役に立たないものはなかった。

レイシーはレイシーで、誰よりも大規模な魔術を使用するくせに、他の面は消極的が過ぎて気づいたら一人でひっそり死んでいるのではとウェインはとにかく不安の毎日であった。

とにかく彼らの中で、一番器用で、一番まともな人間がウェインだった。

初めは仕方なしにであったはずが次第に自身の性に合っていることに気づいてしまって、実は今もいそいそとエプロンを着込んで作業に当たっていたのだが、できる限り顔には出さないようにしている。レイシーよりも大食らいのブルックスはなんとも作りがいがある。

しかしレイシーはブルックスを剣呑《けんのん》な目つきでじっと見つめた。

一年旅をした仲間であるから悪い人間ではないということは知っているし、声が大きいだけで中身はあっけらかんとした男気のある男だとわかっている。ただ、それでも尻込みをしてしまう。旅をしていたパーティーのみんなはレイシーにとって大切な人達で、大切な思い出だけど、レイシーが自然体で接することができるのはウェインだけだ。

「あの……久しぶり、です。ブルックス」

「おう！！！！！　久しぶりだな！！！！」

口元から大量のパンくずが飛んだ。

レイシーは静かに距離を置いた。ウェインは椅子を反対にして背もたれに腕をかけながら「ブルックス、音量を調節しろ」と伝えている。

「おう、すまんすまん」

気づいたら大声になってしまう男だが一応気をつければ人よりも抑えることができる。それでも驚いて振り向く人もいる程度の声量だが。

「そこの鳥もすまんかったな。ちょっとうまそうに見えたんだ」

「キュイキュイキュイキュイ」

「震えているのでやめてあげてください」

「ん？　そうか。んん!?　レイシー、お前、頭がおかしいぞ、でかいたんこぶが、二つもある!!」

はっとしてレイシーは自分の頭をなでた。先程ウェインが発案した髪型である。帽子で隠していたはずが、怯《おび》えるティーに帽子を渡してしまったのですっかり外に晒《さら》している。たんこぶと言われたことで静かにレイシーは顔を赤らめた。

ぶるぶるしつつ唇を噛みしめる。

「……ウェイン、お願い、取って、死にたい……消えたい……」

「死ぬな死ぬな。ブルックス、言葉が悪い。たんこぶなわけがないだろう。こういうのは可愛いって言うんだ」

「可愛いな！　うん、うまそうでそう思っていた。可愛いぞ！」

「もういや……」

始終こんな様子であるので、レイシーはやはりブルックスに苦手意識を持ったままだ。

実のところ、レイシーにはもう少しばかり洒落《しゃれ》っ気があってもいいのではないかとウェインは思っての行為だったのだが、あまりのタイミングの悪さにため息をついた。

すんすん鼻をならしつつ小さくなるレイシーの髪をほどいてやりつつ、すっかり騒がしくなった屋敷に苦笑する。

まるで旅をしていた日々が戻ってきたようだ。

「……で、いきなりどうしたんだ？」

「土産がなくてすまんな」

「それはいいというか、どれだけお前の中で土産の比重が高いんだ」

「お前達二人は王都に残っただろう。久しぶりに仲間達の様子を知りたくなってだな。けれどレイシーは家にいないし、ウェインもどこかに消えたと聞いた」

「消えてない。休暇中だ」

「だからウェインの匂いを追うことにした！」

「恐ろしすぎて死にそうだ」

ブルックスは白い歯を見せながら厚い胸をドンッと叩いているが、ウェインは頭を抱えている。

「心配してくれたんだな？　そりゃ悪かったよ。でもな、まずは訪ねる前に文を出せばいいだろう。ただそうだな、レイシーが引っ越したことを誰にも伝えないのはよくなかったな」

前半は、ブルックスに、後半はレイシーに。

ウェインにほどいてもらい軽くなった頭を確認しつつ、レイシーはすぼんだ。

「……ブルックス、ごめんなさい」

「いやあ、すまん！　ウェインの言う通りだ。ちらりと思いはしたのだが、手間だと思ってな。しかし人間、きちんと順序を踏むべきだったなあ！」

つまり文字を書くよりも走った方が早いと考えたのだろう。さすがはブルックス、と思いつつも、レイシーはわずかばかりの嬉《うれ》しさを噛みしめた。

レイシーのことなんか誰も興味がないのではないかと思っていた。ウェインは人よりも輪をかけたお人好《ひとよ》しのお節介だから、こうしてレイシーが生きているかどうかを確認するためわざわざプリューム村まで来てくれるが、他の仲間達はわからない。

いや、実際、彼らはレイシーが手紙を書いたとして、きっと全員が全員、返事をくれるに決まっている。でも、もしどうでもいいと思っていたら。心の隅にちりりとした不安があった。だから手紙を前にして宛名の一文字を書いてそれ以上書き進めることができずに、いつの間にかペンにつけたインクも乾いていた。

けれどそう考えていたことが失礼なことだと感じた。知らぬ間に消えてしまう方が心配をかけてしまうに決まっている。

「俺も知っていたんだ。そこまで気が回っていなかった、悪かったな」

「ウェ、ウェインが謝るのはおかしいわ」

「そうだウェイン！　知っていれば、引っ越し祝いにきちんと逃げない土産を持ってきていたというのになァ！　まったく水くさい！」

ウェインもレイシーも王都にいないとなると、おそらく二人でどこかに行っているんだろうと思っていた、とブルックスはがははと笑っている。

「……ごめんなさい。そうね、みんなに手紙を書くわ。ちょっと遅くなってしまったけど」

レターセットはきちんと書斎の机の中にしまい込んでいるのだ。

それがいい、とウェインは口元を緩めてレイシーの頭をなでた。いつものことなのでそのまま受け入れていると、ブルックスは青い目をじっとこちらに向けている。

途端に恥ずかしくなって、ぶるぶると首を振って、ついでにウェインの手をぺちぺちと叩いて逃げた。

いつの間にか食卓に並べられた皿もからっぽになってしまっている。ティーも悪い獅子ではないと思っているのか食卓の上をちょんちょん歩いて、赤に少しばかり金の混じった尾をブルックスの前でぴろぴろ振って主張している。行儀が悪いとレイシーに怒られて、しょぼんと彼女の肩に飛び乗った。

ブルックスはブルックスで満足そうに腹を叩いた。けれどもレイシーもウェインも彼と旅をしているので理解しているが、こんな量では彼にとっては腹の足しにもならないだろう。

「それでブルックス。お前が来たことは特に理由があって、というわけじゃないのか？」

仲間の様子が知りたくなって、とブルックスは言っていた。パーティーの中で一番明るく、社交的だったのは彼だ。ブルックスはにっかり笑って、「まあな！」と頷《うなず》く。レイシーとウェインは視線を交わし、それから互いに顔をほころばせた。

三人で顔を合わせるのはたったの数ヶ月ぶりのことだというのなんだか懐かしい。

終わった食事の皿をどかして次に準備をしたのはお茶とお菓子だ。おいしいお菓子をつまみながら、レイシー達は会話に花を咲かせた。パーティーを解散するときにレイシーの婚姻の予定を仲間達には告げていたから、婚約の解消を伝えるとブルックスはもともと大きな目をまんまるにさせて驚いた。

アステールの名をもらったこと。プリューム村に来た理由。そしてあった出来事……。

案外ブルックスは聞き上手な男だから、おう、おう、と一つひとつ大げさに言葉を落として、大きく頷き、驚く。それこそ話していて気持ちがいいほどだった。レイシーの下手くそな説明にも興味深げに、体を前のめりにするようにして耳を傾けてくれる。

一年にも満たない短い時間だったというのに、まるで怒濤《どとう》のような時間だったと改めて感じた。拙く、それでも必死に言葉を重ねるレイシーをウェインは柔らかな瞳で見つめている。

さて、と。

そんなに長い時間ではなかったが、内にあるものを伝える行為はとても緊張した。喉はいつの間にかレイシーの頬は真っ赤になっていて、ゆるゆると息を吸い込み、吐き出した。喉はすっかりカラカラだったから、ウェインが淹《い》れてくれた紅茶を流し込む。レイシーに合わせてくれたのかいつもよりもあっさりとした味わいで、行儀が悪いと思いつつもいっぺんに飲み干してしまう。おいしかった。

しん、とした間がひどく恥ずかしかった。

自分のことばかりを話してしまったという気恥ずかしさもあったのだが。

「本当に、よかったなあ」

獅子のような顔をくしゃくしゃにさせて、頬にある傷すらも優しげに見える顔つきでブルックスはぱっかりと口をあけて破顔した。

「パーティーを解散するときお前が結婚すると聞いて一体相手はどんなやつだと思ってたんだよ。ウェインは知っていたようだが、ダナもロージーも寝耳に水って顔をしてたしな」

どう言っていいのかわからなくて、レイシーは苦笑に少し近いような困った顔をした。なんだか妙にくすぐったい。ウェインは素知らぬ顔だ。

「わ、私のことはこれくらいで。ブルックスはどうでしたか？」

彼が王に願ったことを思い出しつつ尋ねた。

ブルックスはさらなる武功を重ねるべく海に囲まれた故郷に戻ったはずだ。ブルックスはレイシーの問いに答える前に、うむう、と唸《うな》った。大きく分厚い手を顎の下に置いて口の端を尖《とが》らせつつ眉を落とす。

「レイシー、お前、『何でも屋』を始めたんだったな？」

「え、ええ……」

始めたというほどお客も来ていないけれど……とちょっと声が小さくなってしまう。

よし、とブルックスは勢いよく膝を叩いた。

「少々頭を抱えていることがあってだな。料金は金貨三枚。どうだ、俺の困りごとを引き受けてくれんか？」

びしりと三本の指を向けるブルックスに、レイシーはただ瞬いた。

まず聞こえたのはウェインのため息だ。

「……ブルックス、お前、金貨ということは報奨金をそのまま使おうとしてるだろう」

「ばれたか」

「しかもそれ、財布の中に入っている金をそのまま言ったな？」

「うはは、それもばれたか！」

魔王討伐のためにもらった報奨金はもちろんその程度ではないが、銀貨ならともかく金貨を支払いに使用することはまれだ。

もらった金を全て持っていくのはさすがにどうかと思いつつ、面倒だと財布の中に数枚をつっ込んだのだろう。どんぶり勘定であるブルックスらしいといえば彼らしい。

「えっと、金貨、その、金貨って……」

それだけあればレイシーが王都で泊まっていた宿に半年は居座ることができる。食事はなしだったとはいえ、一人部屋だ。レイシーは思わず胡乱《うろん》げにブルックスを見上げてしまう。

「あ、あっさりと投げ出しすぎなのでは……」

「そうか？　本当に困ってるんだ。報酬は妥当だとは思うがなあ」

もちろん、その何十倍もの報奨金をあっさりと教会に寄付してしまったレイシーが言えた台詞《せりふ》ではない。

そしてブルックスが言う困りごとというのもなんとも謎だ。

依頼を受けるか受けまいかと、小さくさせて鞄に入れていた杖を知らずに握りしめてしまう。でもすぐに首を横に振った。まず、断るという感情が前面に出てしまうのがレイシーの悪い癖だ。頑張ろう、とついさっき考えたばかりだというのに。

三人目、いや、一匹と二人目の依頼人。それが信頼の置ける仲間からというのなら、場数を踏む絶好の機会である。レイシーは無意識にも自信がなさそうに垂れていた眉をキリッとつり上げ口元も引き締める。

「……よければ、ご依頼の内容を、伺わせてください」

「お、なんだか本格的になってきたな！」

茶化すな、と言いたげにウェインはお茶請けのお代わりをテーブルに置きつつブルックスの背中を叩くが、もちろんびくともしない。

ブルックスは、ううんと太い腕を組みながら考えた。

「こう、な。困ってるんだ」

「はい」

「なんというか」

鼻の辺りにしわを寄せつつ考え込んでいる。そして拳と手のひらをパンッと打った。嫌な予感がする。

＊＊＊

それからすぐにレイシーは後悔することとなった。

「ぶ、ブルックス、速すぎじゃないの!?　本当に彼は人間なの!?」

「残念ながら人間なんだ」

ウェインの愛馬の後ろに乗りつつ、今まさに豆粒のようになりながら駆け抜けていく男の背を見つめる。ダハハハハ！　と楽しげな声まで聞こえてくる。

こちらは馬、あちらはその身一つ、であるはずが、恐るべきことに彼は馬より足が速い。

紅茶を飲み干し菓子を頬いっぱいに詰め込んだブルックスは、『説明するより、見る方が早いに決まっている！　というわけで出発だ!!』と勢いよく椅子から立ち上がった。やっと解放されたとばかりに椅子から聞こえないはずの悲鳴が聞こえたような気がしたがそれはさておき。

どんな内容であれ引き受けたいと思ってしまった手前あとに引くこともできず、レイシーは気づけば旅支度をすることになっていた。すっかり意識が飛んでいたとしても、無意識で準備ができてしまう旅慣れた自分が恐ろしい。

ウェインは慌てて準備をするレイシーを見つめ、腕を組みながらしばらく渋い顔をしていた。別にブルックスとともに旅をするからではない。自身の休暇の日数を頭の隅で数えて、よし、と頷く。

『ブルックス、俺も行くぞ。ただ行けても二日ばかりになってしまうが』

『もちろん問題ないぞ！』

即座に返事をして、ドンッと強く胸を叩くブルックスは懐が広いというか、なんというか。

ティーはレイシーの頭の上や足元をうろちょろとしていたものの、キリッと瞳を気合でつり上げ、ばさりと羽を広げた。

『ンキュイイイインッ!!』

てっきり一緒に行くものと思っていたのだが、どうやら自分は屋敷を守ると主張しているらしい。不安ではあったが人間よりもずっと成長の早い魔物は、すでに生まれたばかりの子どもとは到底いえない。

ティー自身のやる気もみなぎっていることから、それじゃあお願いするわねとレイシーはティーのクチバシをゆっくりとつついてやった。こちらも初の任務というわけだ。

お腹《なか》が減ったらいくらでも薬草を食べていいからねと言い残し、レイシーはティーに手を振った。

――しかしキュイキュイと体をダンスさせつつ返答するティーを、息を殺し遠くからじっと睨《にら》むように見つめる影があったことは、そのときは誰も気づかなかった。


あれよあれよという間に旅立つことになってしまった。

慣れた旅路であったはずがブルックスの声の大きさをレイシー達が忘れていたように、ブルックスも自身が超人的であることを忘れていた。初めは襲いくる魔物をどかどかと蹴散らしながらだったのだが、次第に魔物達もおかしな気配を察したのか、手すらも出してこなくなる。

魔王が消えてしまった今、魔物よりもより知性が高く恐ろしいほどの強い力を持つ魔族はもう生まれることはない。けれども魔王と関係のないティーのような魔物はそこいらに生息する。旅をするとなると、まずは彼らの存在に気をつけなければいけない。

だから魔物が襲ってこないとなるとこれはこれで平和だし、戦う必要もなく楽な旅……のはずがさすがにブルックスを見失うわけにはいかない。

ウェインの愛馬はよく訓練されていてクロイズ国でも五本の指に入るほどの名馬だが、相手は馬ではない。化け物である。蹴り合っていては馬も騎手も、体がいくらあっても足りない。

「ウェイン、魔術を使うから一瞬バランスがおかしくなると思う！」

「わかった！」

バッグの中から杖を取り出す。刻一刻と変化する状況に合わせるべく、レイシーは素早く呪文を唱えた。

その瞬間、レイシーとウェインの体がわずかに軽くなる。「うわっぷ」両手を放していたからばたばたして、ウェインに慌ててくっついた。

そんなレイシーを見て、「さすがだな」とウェインは呟《つぶや》く。

重力の全てをなくすこともできるが、そうすると吹き飛ばされてしまう可能性があるし、馬も誰を乗せているのかわからなくなる。適切な調節が必要だが、ただの魔法使いが一朝一夕にできるものではない。

「レイシー、摑《つか》まっとけよ！」

返事の代わりにレイシーはさらに強くウェインの腰を両手で摑む。

腕の感触を確認し、振り返ることなくウェインは手綱を強く握った。ぐん、と風を切り裂いて弾《はじ》けるように馬は駆ける。過ぎ去る風景は、どこまでも青々とした草原が広がっていた。


「おお！　プリューム村から半日程度か！　予定よりも随分早く着いたな！」

嬉しげな様子であるブルックスの後ろにはげっそりとした顔のウェインとレイシーがいた。

とりあえずお疲れ様です……とばかりに、レイシーは自分達を乗せてくれた馬に薬草を食べさせている。馬はやりきった顔つきでぶるぶると声を出していた。

まさかずっと走らせるわけにはいかないので、馬には一時間程度ごとの休憩が必要だった。その際に声をかけるとブルックスも気にするようにしてくれたものの、馬と長時間並走する人間を見るとなんだか心臓が痛くなる。

ブルックスはむちゃくちゃな人間だったが、レイシーの記憶ではこれほど人外ではなかったような気がする。

まさかこの数ヶ月でさらなる鍛錬を重ねすぎてしまったということだろうか。もしくはレイシー、ウェイン以外の仲間がいないことでさらにストッパーが壊れてしまったのかもしれない。

ウェインとともに馬に水と餌をやり終え、杖を握りしめながらじっと疑いの視線を向けるレイシーには気づかずブルックスは草原の中の祠《ほこら》を探した。

見つけた祠は人が数名入れる程度の大きさで、誰からも忘れられたようにぽつんとそびえている。表面にはところどころ緑の苔《こけ》が生えていた。ブルックスはそれを軽く叩きながら、ここだと告げた。

「俺もあまり使うことはないんだがなあ」

世界には誰が作ったかもわからない遺物と呼ばれる魔術が残されている。

その中には限られた人間のみ使用でき、決まった場所へ人間を転送する術式も存在する。

こういった祠は各地に点在しているが、さすがのレイシーでも転移魔法を再現することはできない。そしてこれは基本的には有力者のみ使用が可能だが、ブルックスのように街の要となる人間に許可されることもある。

けれどどこにでも行くことができるわけではなく利用できる場所には制限があり、ブルックスはここ、タラッタディーニとレイシーのプリューム村に一番近い祠を利用することができるのだろう。

「さあ、入ってくれ」

馬を含めて三人と一頭。大きすぎる体のブルックスを含めるとぎゅうぎゅうだ。

レイシーはウェインにくっつくように祠の中に入った。頬がウェインの胸元でぺしゃんとなってしまってなんだか気まずい。それからウェインの手がかばうようにレイシーの背中に回されていることに気づき、思わずレイシーは小さな体をさらに小さく硬くさせた。

ぎゅっと瞳をつむってもう一度あけたとき、潮の匂いがレイシーの鼻をくすぐった。

先程よりも随分明るい。

閉じたまぶた越しに明かりが差し込む。暗かったはずの祠の中でウェインに片手で抱えられたままそっと両目を開き、外の景色を見つめる。

音が聞こえた。

「あ……」

波が、叩きつけるようにこちらに向かっていた。

崖の向こうはどこまでも真っ青な海が広がり、きらきらと太陽の光が反射している。

旅をしている中で幾度か海を見たことはある。けれど、何度見たって慣れない。広くて、大きすぎて、レイシーをすっぽりと包み込んでしまいそうだ。

「絶景だろう！」

いつの間にかブルックスが祠から飛び出して、崖の上からこちらに大きく両手を開いていた。その背中には、海上に面した色とりどりの屋根の街が見える。

「――あそこが海の街、タラッタディーニ！　俺の故郷だ！！！」

とにかく街は喧騒《けんそう》に溢れていた。

誰かが何かを叫んで、それに応じる。往来の露店は大盛り上がりで、簡易の食事の他に道具屋や花屋まであった。カンカン照りの太陽の下では老若男女、様々な人間が入り乱れて通り過ぎ、また新たにやってくる。

遠目から見たときはカラフルな屋根だと思っていたが、驚くべきことに建物の壁までもが色とりどりで赤や緑、青色黄色とそれぞれが個性を主張している。

「こりゃすごいな」

馬の手綱を引いて歩きながら周囲に目を向け、出したウェインの言葉に、こくこくとレイシーは頷く。

「ふんぐっ！」

周りに気を取られて前を見ていなかったから、うっかり人とぶつかってしまった。レイシーは人の中を歩くことは苦手だ。それほど大勢の人でひしめいている。

「観光客も多いからな。気をつけろよ」

「わか……んぐっ！」

「レイシー大丈夫か……」

「ウェイン、だいじょうぶぶっ」

「…………」

新しい街に行くのはもちろん初めてのことではないが、ここまで特徴的な街はあまりなかった。潮の匂いと一緒にからからの太陽の日差しがやってくる。人々がとにかく元気なのは暑さをごまかすためなのかもしれない。

ブルックスと同じようによく日に焼けた住人達がレイシーのすぐ隣でけらけらと大声で笑った。思わずびっくりして跳ね上がったレイシーを見て、ウェインはレイシーを手でも握ってかばってやるべきかどうか考えて、そこまで子どもなわけではないとなんとかそっぽを向いた。彼は自分でもレイシーを構いすぎているとわかってはいる。

いやでもやはり、と悶々《もんもん》と馬の手綱を引いているウェインの考えも知らず、まるで周囲にブルックスがたくさんいるようだ、とレイシーはぽかんと口をあけていた。

ブルックスが声も体も大きいのは土地柄だったのか……と、もともと大きな瞳をさらに大きくさせて、猫の目のようにじっと見上げていたのだが、その先の主といえば「がっはっは！」となぜか豪快に笑って街に着くと同時に外套《がいとう》を脱ぎ捨て、今は立派な筋肉を晒している。

暑いからだろうか。レイシーとウェインは風魔法でなんとでもなるがブルックスは魔術を使用することができない。

でもそういう問題でいきなり半裸になるのだろうか。考えると深みにはまってしまうような気がするのでレイシーは視線とともにそっと意識をそらしたが、タラッタディーニとプリューム村では気候そのものがまったく違うことは事実だ。場所が変われば風土も異なり、その場にいる人々も変化するということをレイシーは旅の中で知っていた。

「あれ、あっちは随分静かなのね」

「ん……まあ、ちょっとな」

レイシー達が大通りを進み始めると、段々の崖にそびえる街だから建物の隙間から海が見えた。賑《にぎ》やかな街だと思っていたが、意外なことにも港は静かな風が吹いているだけだ。小さな漁船がぽこぽこと煙を出しながら旅立っていく姿が見えた程度だった。

しかし人がいるところに人が集まるというのは当たり前のことで、レイシーが口にしたのは大した疑問ではない。海の街だというのに港に人が少ないのは不思議だな、と考えただけでなんとなく口にした独り言だったのだが、反応したブルックスの返答はどこか鈍かった。

何か違和感を抱きつつもレイシー達は街の中心部にたどり着いた。そこには大きな銅像がそびえていた。ブルックスである。

「…………」

「…………」

そのブルックスの銅像の下に、ブルックスが同じポーズで白い歯を見せて笑っている。レイシーは混乱し、ウェインは眉間に深いしわを作っていた。

「あの、ウェインこういうときはどうしたら……」

「俺にだってわからんときはある」

「そりゃそうよね……！」

なんということだろう。頼みの綱のウェインすら困っている。

「わあ！　おかえりなさい、ブルックス様！」

しかしありがたいことに、すぐに住人が気づいた。するとどんどん人だかりができてくる。レイシーはぎゅうぎゅうに潰された。隠蔽魔法をかけて印象を変化させているウェインもしかり。手を握るべきかウェインが思考する暇もなく、レイシーと二人、人の中を押し流されていく。ウェインの愛馬はひひんと逃げた。

一体どういうことなのと声を上げる代わりに、レイシーは「ひええ！」と情けなく叫びつつ両手で杖を握りしめていた。


「いやあ、すまんすまん！」

頭をひっかきつつ謝罪するブルックスに生ぬるい返事を返しつつ、レイシーとウェインは目的地まで向かった。長い崖の階段を上がっていく。ウェインの馬を連れてくることはできなかったから、ブルックスの屋敷に先に寄った。今頃疲れ切った顔で、厩舎《きゅうしゃ》で草を食《は》んでいるだろう。

「……ブルックスは人気者、なんですね」

レイシーが呟いた言葉はそのままの意味だ。決して嫌味のつもりではない。あんな風に町の人達に手放しで歓迎されるなどレイシーには想像もつかない。

「ああ、地元だからな。あの銅像は旅から帰ったら出来上がっていた。最初は俺も面食らったもんだが、今はとりあえず帰ってきたら同じポーズをとることにしている。その方が周りも喜ぶからなァ！」

レイシーへの手土産にせよ、サービス精神の溢れる人だ。

とりあえず現在進んでいる場所はカラフルな街のさらにてっぺんであり、そこに彼の困りごとがあるらしい。

どこに、ということは聞いてはいるが、何を、ということはまだ聞いてはいない。どうせ行けばわかるのだとレイシーは短い足をよいしょと伸ばして、石を削ってできた階段を上った。

たどり着いたのは、驚くほど閑静な場所だった。

先程までの喧騒が嘘《うそ》のようで、街が一望できた。ぞっとするような高さだったが、そんなことは気にならなかった。

吹き荒れる風は少しだけべたついていて、不思議な感覚だ。どちらかというと、いい方に。

そしてくり抜かれた崖の中に一つの建物があった。

あれほど街は色とりどりだったというのに、目の前の建物は補強はされているものの、木材をそのまま使用している。

「……なんだか、落ち着く場所だな」

「だろう！」

ぽつりと呟いたウェインの言葉も、この場所ではよく聞こえる。ブルックスは嬉しげに胸をはった。

「ここは、俺の道場だ！　さあ、入ってみてくれ！！！」

＊＊＊

道場という言葉をレイシーは初めて聞いたが、どうやら修練場という意味なのだそうだ。

ブルックスは戦士であり、その訓練方法は特殊だ。気功術と名付けられた武術はレイシーの魔術ともダナの奇跡とも異なり、彼は自身の身の内にある魂を力としている。人には誰しも魂があり、それを膨らませ鋼鉄のように変化させることで体の表面を硬く、強くさせる、らしい。これがブルックスが馬よりも速い理由である。

昔、旅の途中で説明を何度か聞いたのだが、さすがにこれはレイシーにもまったくもって感覚を摑むことができなかった。

魔術とは体の外側を術式で作り変える技であり、ブルックスのそれは反対だ。おそらく魔術に精通すればするほど相性が悪くなるのだろう。

道場では靴を脱ぎ素足にならなければいけないらしい。木の上を直接歩くという奇妙な感触を足裏に味わいながら、レイシーはきょろきょろと辺りを見回した。レイシーよりは平静を保っているが、ウェインも瞳の奥は興味深げで楽しそうだ。

人に見立てているのか道場には棒に藁《わら》を巻きつけたものがいくつかあり、鉄鋼の手甲をつけた門下生達が掛け声とともに腕を巻藁へと幾度も叩きつけている。道場の外は静かだったが、入ってみると活気がある。セイ、セイと気合の声が響いていた。

「ブルックスが魔王を倒した褒美としての願いは、たしか自身の流派を作ることだったな」

「ああ、そうだ」

ウェインの問いにブルックスは頷く。門下生達がレイシーに気づいたが、そのまま続けるようにブルックスは伝える。

「知っているとは思うが、クロイズ国では流派を作る際に国の許可が必要となる。下手なものをでっち上げられてもかなわんからな。いくら魔王を倒した勇者パーティーの一人といったところで、本来なら俺のような若造が認められるわけがない」

しかし彼の願いは認められた。

レイシーは一人ひとり、仲間の願いを思い出す。彼女が自由になりたいと願ったように、それぞれ求めるもののために王に願ったのだ。

（あれ……）

そんな中でふと疑問が湧いた。

「それでだ、俺がレイシーに依頼したいというのはな」

しかし続いたブルックスの言葉に、キリと眉を引き締める。考えることは後でもできる。今は目の前のことに集中しなければいけない。

ブルックスは普段は快活な表情を珍しく難しそうにしていた。

「なんつうか、その……まあ見てみた方が早いな」

そして声まで沈んでいる。

レイシーはウェインと目を合わせた。普段の様子と異なりすぎてこっちまで不安になってくる。

先程レイシーが港に人気があまりない、と言ったときと同じ表情をしている。

ブルックスは一人の門下生を呼んだ。

「あれは、まだそのままだな？」

門下生の少年は神妙に頷いた。あれ、の一言でわかるということは、彼らの中で共通の認識があるということだ。

「持ってきてくれ。とりあえず布に入れてでいい」

はい、と短い返事とともにもう一度頷き、すぐさま消える。そして戻ってくる。

抱えてやってきたのは大きな布だった。とはいってもレイシーでも持てる程度のサイズで、なにやらがしゃがしゃと音がしている。まあまあと片手を振りながらブルックスは床にどっかりと座った。

レイシーとウェインも彼に倣った。ブルックスは布袋を大きな手のひらで受け取り、「とりあえず、覚悟をしてくれ」と真顔のままに袋を床に置いた。なんだか怖い。ごくりと唾を飲み込んでしまう。

――そして、ゆっくりと紐《ひも》が解かれる様を目にしたのだが。

「ふ、ふん、ぐ……!?」

レイシーは泣いてしまった。

自然と目尻に涙を溜《た》まり、両手を使い必死で口元を押さえる。

やってきたのは、強烈な――におい、だった。

そう。匂いではなく、臭い。

出てきたものは、ただの手甲。門下生達が一律で使用しているものである。ウェインはレイシーほどの反応はないものの、目をつむりながら眉の間にしわを深めている。ブルックスは二人の反応を確認すると、静かに布で包み直した。

「見ての通りだ」

ブルックスは呟く。いや、と首を振った。

「におっての通りだ」

そんな言葉は存在しない。が、なんとなく、ブルックスの伝えたいことが見えてきたような、見えてこないような。

「俺の流派は、体を鋼鉄に変える……うん。変えてしまえばこんな手甲などいらんのだが、習いたてのものはそうはいかん。怪我《けが》をしてしまっては元も子もないからなァ……。まずはこの手甲に慣れて、体を変化させるイメージを持つ必要があるんだが」

レイシー達が知るブルックスは素手での戦闘を得意としていたが、彼はすでに技術を磨き上げた後だったのだろう。

「街で見てくれた通り俺はそこそこ人気がある。だからありがたいことに今でも入門者があとをたたん。しかしこの臭いがな、少しずつ街に流れているんだ」

「ここは風通しもいいし、市街地とは離れているのにか？」

「ウェインの疑問はもっともだが、この街の風はちぃっと特殊でな。夜は陸から海に風が吹き下ろす。海陸風……というんだがタラッタディーニでは風に混じって街の臭いも全部海に落っこちるんだ。そして昼間になると逆に海から陸へ夜の間に溜めた風が吹き上がる。つまり最終的に街の臭いがかき混ぜられるんだよ」

そういった昼間の風は海風、夜の風は陸風と呼ばれることは知っているが、臭いまでとなるとあまり聞かない。

「それについての原因はわかっている。タラッタディーニの付近の海域にでっけぇクラーケンが住み着いているんだ。そいつがほっせぇ口で風ごと臭いを吸い取って吐き出しててな……。あくびみたいなもんかね？」

「クラーケンがあくびをしますか……？」

大ダコの魔物のことである。体中が吸盤に覆われていて見かけが大きく恐れられることも多いが、誤って近くを通った漁船にじゃれつく程度であまり害のない魔物とされている。

「すまん、適当を言った」とブルックスは頭をひっかき説明を続けた。

「なんにせよ街に臭いが流れているのはそのクラーケンが原因だが、退治するわけにもいかん。昔からいるタラッタディーニの守り神のようなもんで、そいつがいるから下手な魔物も近づかねぇんだ」

持ちつ持たれつといった関係なのだろう。ブルックスはぐしゃぐしゃと頭をひっかいて慣れない説明に苦しそうな顔をしている。

「今はまだ、臭いは港付近で停滞していてなんとかなってはいるんだ。レイシーも見ただろう。大通りに比べて港には人間が少なかっただろ？」

「は、はい」

「行けないというか、行かないというか……。街の人間達は気にしないと言ってはくれているんだが、この街は観光業でも食っているもんでな……街のイメージが悪くなることはどうしても避けたい。クラーケンは一年の半分は寝ぼけていて、もう半分は活動的だ。今はまだ寝ぼけているらしいが活動期に入ればさらに激しい風が吹くようになる」

「つまり街全体に臭いが充満するというわけか」

「ただでさえ港付近の店の売上が落ちているからな。俺一人のときは特に気にならなかったんだが、門下生が多ければ多いほど影響しちまう。……こんなことは普段ねぇんだが、よっぽどクラーケンとうちの流派の相性が悪いのかもしれん」

ブルックスは唸りながらあぐらをかいてうなだれている。床に置いたままとなっている布で包んだ鋼鉄の手甲は決してそれ一つが特別なものではないというわけだ。

先程は思わず涙が滲《にじ》んでしまったレイシーだったが、それはひどく非礼なことであったと恥ずかしくなった。なぜならこれは門下生達の努力の結晶である。それに誰も好き好んで手甲をつけているわけではない。外すことを目的として今も鍛錬を続けているのだ。

ブルックスの背後では道服を来た若者達が、休むことなく巻き藁を打ち続けている。

「この街で道場を開くことは俺の長年の夢だ。早々と諦めるわけにはいかねぇ。しかしだな、そういう問題でもねぇんだよ……。暁の魔女、レイシー。いや、今はレイシー・アステールだったか。

俺の依頼はこの手甲の臭いをなくすこと、ということになるんだが。どうだ、依頼を受けてくれるだろうか？」

「――それで、どうなんだ？」

「う、ううう」

手すりを両手で握りしめながらレイシーは真っ青な海を見下ろしていた。

ざざん、と波が寄せ引き去っていく様を見て勝手に長いため息が口から漏れ出る。ウェインは金の髪を海風に揺らしていた。

――もちろん引き受けます、任せてください！

ブルックスの問いに対して、珍しく一も二もなく返答してしまった。勢いよく叩いた胸が今更ズキズキする。

そのときレイシーは自分で自分にびっくりした。ブルックスが、いいやこの街の人々が困っている。それならなんとかしたい、してみせねばと、弾けるような感情があったのだ。

しかしいつの間にやら集まっていた門下生達の視線と響き渡る歓声にびくりと震え上がった。

――どなたか存じ上げないが、ブルックス様が現状を解決する策を教えてくださる方を連れてこられたぞ……！

お前ら修行に戻らんかと呆れたようにブルックスが諫《いさ》めたものの興奮は収まらなかった。溢れかえる人々の中でレイシーは瞬時に大きくさせた杖を握りしめてガタガタ激しく震えた。上下運動が止まらない。重すぎる期待に今すぐ潰れてしまいそうだ。

でも落ち着けとウェインに背中を叩かれ、やっと息ができるようになった。ウェインの手のひらはほっとする。

ゆっくりと息を吸った。それから、頑張ります！　と精一杯大きな声を出した。それが小一時間前のことである。

「……何も無策で引き受けたわけじゃないの」

風の音に紛れてしまいそうなほどに小さな声でレイシーは呟き、ウェインは「おう」と相槌《あいづち》を打つ。

「ブルックスが困っているなら手助けしたいと思った気持ちは本当だし、話を聞いていくつか思いついたことがあったのよ。だから、なんとかなるかなって」

プリューム村での出来事がレイシーの背中を押したということもある。少し前のレイシーなら、きっと力いっぱい頷くことはできなかった。

門下生達を落ち着かせつつも口元を柔らかくしていたブルックスは、早速レイシーにさらに詳しく説明した。そして聞けば聞くほど彼女の顔は無に染まった。ブルックスも今までただ手をこまねいていたわけではない。臭いを消すべく徹底的な洗浄を行ったり、クラーケンが昼間に臭いを集めるのなら手甲を夜に外してみたり……。

最終的に表情を押し殺しつつも背中からぼたぼた汗を流していたレイシーを見るに見かねて、ウェインが気分転換とばかりに外に連れ出し現在虚《むな》しく海を見つめている。

「お、思いついたこと、ぜんぶ、ぜんぶ、もうブルックスがしてたのよー!!」

してたのよーしてたのよーしてたのよー……。

こだまするレイシーの声をあざ笑うように目の前をかもめがクォアー、クォアーと鳴きながら飛んでいく。多分レイシーは泣いていい。むしろすでにちょっと泣いている。

「あとは風魔法でクラーケンも関係ないくらいに遠くまで勢いよく臭いを吹き飛ばすって方法も考えたけど！　そんなの魔術を使うことができる人間がいないと無理だし！　私が毎回来るには遠すぎるし！」

「おう……」

「なら門下生の人達の中から適性がありそうな人に魔術を教えてみたらとも思ったけどブルックスの武術と魔術の相性が悪すぎるの！　下手に門下生の人に教えてしまうと気功術を習得できなくなっちゃうかもしれない！　そうなったら後悔してもしきれない！」

「そ、そうだな……」

「というか手甲の臭いだけでこんなに困るなんて絶対おかしい！」

がつんと手すりに額をぶつけるような勢いで叫ぶレイシーをウェインはもはや見守ることしかできない。

「……多分、原因は魔術と気功術の相性の悪さにあるんじゃないかな。ブルックスはクラーケンのあくびって言ってたけど、クラーケンは大気中に広がる魔力を昼間は吸い込んで体内に循環させて、夜に吐き出しているのかもしれない……そこで本来ならぶつかるはずのない気功術と魔力がクラーケンの体内で捻《ね》じ曲がってるのかも」

レイシーにできることは魔術で解決することだけだ。なのにその全てを封じられてしまった。打つ手がないとはまさにこのことである。レイシーは自分には魔術しかないと思っていた。でも魔術を取り上げたらこんなに役に立たないということは知らなかった。

「それなら、魔道具を作ってみたらどうだ？」

――魔道具。

自分にできることとしたいこと。あまりの歯がゆさに息苦しささえ感じていた。だからウェインの提案はレイシーにとって一つの光明ともいえた。

けれど、すぐに首を振った。

「たしかに魔石に風魔法を覚えさせる方法はあるけど、それだとどうしても規模も威力も小さくなってしまうから……」

魔道具とは魔物の体内から産出される魔石を使用し、誰でも魔術を利用できるようにした道具のことである。ただし簡易な術式しか魔石には練り込むことができないため、実際の魔法使いの魔術には劣る。

ぬるい風が、レイシーの頬を通り過ぎていく。

「……中々頓挫しているな」

「うん……」

気づいたら両手で必死に帽子のつばを引っ張っていた。

ああすれば、こうすればと考えて必ずどこかで止まってしまう。それが、とにかく悔しい。決して提示された報酬に釣られたわけでも、始めたばかりの何でも屋に早くも黒星がついてしまうことが残念に思うわけではない。

王に願うほどのブルックスの望みの力になりたかった。それと同時にブルックスについていく門下生達が憂いなく、気持ちよく修行できるようになってほしいのに。

あまりにも、力が足りない。

レイシーは言葉すらもなくなってしまった。ウェインは手すりに背をもたれさせてレイシーとは反対にカラフルな街並みを見上げている。

「難しいもんだな。俺はレイシーのすごさを知っている。レイシーは自分を過小評価しすぎていると思うよ。でもそう言ったところでお前の心には響いてないんだろう」

そうだとも違うとも返事ができなかった。ただレイシーにできることは強く唇を嚙みしめることだけだ。

「求める水準が高すぎるんだろうな。一つができないだけで全部ができないように感じちまう」

「そんなことない……」

「そう思うってんなら、何度でも否定してやる。いいか、お前はすごい。すごいんだよ」

「違うよ、ウェイン以外にはまともに人と話すこともできなくって気づいたら勝手に死にそうな魔術バカのどこがすごいの!?」

「それはそうだが！」

想像よりも強めに肯定されてしまった。さすがに若干の悲しさはある。

「う、ううう……」

「な、泣くな！　プラスとマイナスがあったとして、足したらどうってもんじゃないだろ？　そもそも人にプラスも、マイナスもない。欠点はひっくり返すと長所にもなるだろうが」

ウェインの言葉はいつもレイシーにとって居心地がいい。

でもその中に埋まるべきではないように感じた。何が正しいのか、そうでないのか。腹の底に溜まった感情を言葉にするのは難しい。それでも何かを言いたくてレイシーは必死で顔を上げて――。

きゅるるるる、と盛大な腹の音が鳴った。

「……わかった」

「………………」

できればかき消されてほしい音だったが、しっかりはっきりと響いてしまった。ウェインは緩慢に頷きそっと居住まいを正す。

そして激しくレイシーの頭頂部を片手でがっつりと掴んだ。

「腹が！　減っているんだな!?　そうなんだな!?」

「ああ違うよ食べてる場合なんかじゃないからあああというか今までなら全然食べなくても大丈夫だったんだけどここ数日ウェインがご飯を作ってくれるから胃が時間を覚えてしまって変な音が出ただけで」

「うるせぇ黙れ。たしかに俺の考えが足りなかった。とっくに昼は過ぎてたな！　考える時間がほしくて食事を抜く。なるほど問題外だ。まずは腹に詰めてから考えろ、海の幸をたっぷりと腹に詰め込め！」

「ぼ、帽子を引っ張らないでぇえええ」

——と、いうわけで詰め込まれた。

まるで年がら年中お祭りのような街はブルックス自身のようだ。

「クラーケンが守り神って言っていたのにタコを食べるの!? これは許されるの!?」

「足の先ならどうぞと献上してくれるそうだぞ。懐が広すぎるな……」

外はカリカリ、中はとろとろといった謎の球体を頬に詰め込み、あまりの熱さに顔が真っ赤になってしまった。

「と思えばイカの姿焼き……イカってもっと硬くなかった？ ふかふか柔らかい……」

「火の入れ方がポイントだそうだ」

じゅうじゅうと鉄板から上がる煙は見ているだけで汗が噴き出してしまいそうだ。香ばしい匂いがただよってくる。

「こ、これは食べたことがない……！ ぷちぷち、つやつや……綺麗《きれい》だしおいしいけど、た、食べきれない……！」

「半分食ってやるから。食べられるだけ好きなもんを食えよ」

＊＊＊

最後にいくらと呼ばれる赤い宝石のような海鮮物の丼を食べて、すっかり重くなった体をウェインに抱えられながら、レイシーはブルックスの屋敷へ運ばれた。

満腹と満足を重ね合わせて、レイシーは借りたベッドですやすやと眠っている。しかし目を覚ませば、またブルックスの依頼に頭を悩ませるんだろう、とウェインは彼女を見下ろしつつ口の端を緩めた。

ブルックスの屋敷もまた、道場と同じく崖に面している。

タラッタディーニの建物の大半は斜面に沿って海を見下ろすような立地だ。漁師達が迷わぬようにと昼は色とりどりの色彩で街を主張し、夜にはいたるところに小さな魔石を配置して光らせている。

全てが夜空になってしまったような景色を部屋の窓から目にしてから、ウェインは眠るレイシーの頭をゆっくりとなでた。苦笑するようなため息をついて、部屋を出る。そのときだ。

「おお、ウェイン。お嬢ちゃんは寝ちまったかあ」

ブルックスに声をかけられた。音量を調節しろとウェインに言われてから一応彼なりに気をつけて声をひそめている。壁の向こうには寝入ったばかりのレイシーがいるということもある。

後手にドアを閉めつつ、ウェインは頷いた。

しかしブルックスはウェインの前に立ちふさがったままだ。なんだ、と首を傾げたとき、大きな手で片手にワインの器の口を持ち、もう片方にはグラスを二つ。

「どうだ、たまには付き合わんか」

にかり、とブルックスは笑った。


「お前とこうして酒を酌み交わしたことはなかったな」

「そうだな。旅をしていたときは、まだ成人していなかった」

一年前、ウェインはまだ十七だった。大きな声で言える話ではないが、もともと舐《な》める程度の粗相はしていた。しかし世界を救う勇者が堂々と悪さをするわけにはいかないと、旅の間はジュースで満足していた。別に飲まなくても困るほどのものでもなかったのだ。

だからこうしてブルックスとグラスを合わせるのは奇妙な感覚だ。

「せっかくだ！　ウェインの成人と、レイシーの門出を祝って、存分に酔うぞ！」

「ほどほどにしてくれ。ついでに俺の誕生日は何ヶ月も前だ」

乾杯、とグラス同士を叩きつけると、軽やかな音がする。バルコニーで椅子二つ、もたれかかるように空を見上げる。クラーケンがあくびをしているのだろう。陸から海に吹き下ろす余波のようなゆったりとした風が頬をなでた。生ぬるくはあるが、そう悪い気分ではない。

冷えたグラスと簡易なつまみ。これはこれで、というところだ。

「レイシーの様子はどうだ？」

「相変わらず頭を悩ましているな。夢にも出ているみたいだぞ、ぶつぶつと何か呟いていた」

「そりゃあ悪いことをしたなァ」

「いいや。逆に丁度いいタイミングだったよ。レイシーの引っ込み思案は筋金入りだ」

「俺はレイシーに苦手に思われているだろう。他のやつの方がよかったんじゃないか」

「だからこそだ」

何でも屋を始めるといっても、まずは客を探すところから頓挫していただろう。そこでブルックスだ。仲間として人となりを知っている。けれどもウェインのように気安い仲ではない。客らしくはないが、間違いなく客だ。

聞きようによっては失礼ととられかねなかったろうが、ブルックスはなんてこともなくグラスを掲げたまま、がははと笑った。中に入った酒がぴちょんと跳ねる。

「本当に、お前は相変わらずだなあ」

相変わらず。

ブルックスから言われた意味はわかる。だから、あえて口をつぐんだ。ウェインの行動はあまりにもお節介だ。レイシーを子どもでないと知りながらそのような扱いをする。いつかパーティーの誰かにはやされるだろうと思っていたが、それがまさかブルックスだとは思わなかった。

ブルックスはウェインよりも年が上で、見かけよりもずっと思慮深く、パーティーの要でもあった。だから旅をしているときは、あえて言わなかったのだろう。

「ウェイン、お前、レイシーのことが好きだろう」

不意打ちだった。

飲んでいた酒が喉の奥にひっかかる。ウェインは眉をひそめて口元を手の甲でこする。言葉に出しきれない感情をワインとともに飲み込んで、さらに顔を難しくさせる。

グラスをテーブルにゆっくりと載せた。

「……違う」

「そうか？」

「いや、そうではなく。俺がレイシーに特別な感情を持っていることは認める」

しかしそれがどういったものなのか、ウェインにだってわからない。

レイシーはウェインにとって保護すべき対象だ。持っている力であるとか、国一番の魔法使いであるとか、そんなことは関係ない。レイシーが、レイシーであるから。

飲んだ酒が珍しく回ってしまっているのだろうか。「わからない」とぽつりと呟く彼の顔はひどく赤い。そっぽを向いた。でもすぐに自身の頬の熱さに気づいたから、片手で顔を拭った。

飄々《ひょうひょう》としているこの男が耳の端まで赤く染まっている。その様をブルックスは茶化すわけでもなく、なるほどどと頷く。

「そういうこともあらあな」

それだけだ。話は、すぐにそれた。楽しく酒を酌み交わした。

けれどその夜、ウェインは少しばかり夢を見た。ウェインがレイシーと初めて出会った、今となってはあまり思い出したくもない日のことだ。

＊＊＊

想像よりもすっきりした寝起きだった。

レイシーは朝の日差しを浴びながら伸びをして、右に、左にと揺れてみる。調子がいい。もともとどこでも寝ることができるから、借り物のベッドでも問題ない。

けれどウェインはあまり気分がよろしくないようで、ウェインの首元を掴みながら元気に部屋から飛び出してきたブルックスと比べるとなんとも対照的だ。

「ウェイン、お酒を飲んでいたの？　珍しい」

「まあな」

返事はそれだけだ。寝ぼけ眼なウェインの様子を見て、せっかくの機会だからと朝ごはんはレイシーが担当した。成長を見せつけるチャンスである。目玉焼きはちょっと焦げたが、まずまずの出来栄えだった。

それからまた道場に赴き、試行錯誤する。

できればもう少し考えたくはあったが、プリューム村の屋敷も気になる。いつまでも留守にしているわけにはいかず、夕方になるとレイシーは再び身支度を終えた。同じく身支度を整えたウェインは遠征先に向かうと言う。どうやら魔物が活性化している地域があるらしい。大丈夫かと伝えると、魔族よりもずっとマシだ、と笑っていた。

ブルックスがプリューム村までレイシーを送り届けてくれるらしい。一人でもまったく問題ないが、気持ちはありがたく受け取っておくことにした。

レイシーとウェインは、名残惜しく夕焼けの街を見つめた。ブルックスは門下生達に指導の一つを残してくるということで街の出口で待ち合わせをしている。来たときは最初こそ圧倒されてしまったが、楽しげな街だ、と荷物の鞄を横掛にしつつ改めて考えた。

「レイシー、今回の遠征は長引くかもしれん。だからしばらくそっちには行けそうにない」

「……わかった。気をつけてね」

「あんまり根を詰めるなよ」

「うん……」

頷いた。もともと、ウェインには会ったところで月に一度程度だし、数ヶ月来ないときもあった。彼にだって、彼の生活がある。

「本当に、根を詰めるなよ」

そして再度、同じ内容を重たい声で告げられたのでレイシーは飛び跳ねた。頭の中はすでにブルックスの依頼でいっぱいであることがなぜバレてしまったのか。

「レイシー、お前は余裕を持て。その合間に飯を食え。とりあえず花を育てて草木を愛《め》でて、洒落っ気の一つでも覚えるくらいが目標だ」

「お母さん……」

「俺はお前の母ではない、せめて父と言え！」

許されてしまった。

ブルックスと約束の時間まではまだ間がある。

その間にレイシーはティーへの土産を買うことにした。なんせ初めてのお留守番。今頃はキュイキュイ泣いているかもしれない。できれば食べ物をと考えたけれど、ティーの食生活は未《いま》だ不明だ。ウェインと相談しつつ店を回って、レイシーはタラッタディーニを後にした。ウェインとの別れもいつもと同じくあっさりしたものだった。

行きは馬に乗って、帰りは徒歩で。

さすがのブルックスも一人歩くレイシーを置き去りにすることはなく、時間はかかったものの平和な旅路だった。

数日ぶりの我が家だ。ブルックスと別れレイシーは一人屋敷に向かった。するとてこてこと陰から飛び出すものがいた。ティーである。

「ンキュイイイイ!!」

「ティー、ただい……ま?」

感動の再会と思いきや、ティーは何かに乗っている。

「ぶも」

イノシシだった。

ブルックスに土産として渡されたはずのイノシシの上にティーはなぜかちょこんと乗って、両の羽を開き、右に、左にと器用に互いの意志を合わせて移動している。一体なぜこんなことに。

——実はレイシー達が旅立つその日、彼らをじっと見つめる瞳があった。それはこのイノシシだったのだ。

何を言えばいいのかわからずコメントを差し控えて二匹を見下ろすレイシーを前にして、ティーとイノシシの寸劇が始まる。

ウェインとブルックスに恐怖を覚え逃亡したイノシシは歴戦のイノシシであり、このまま逃げ帰ることは自身のプライドが許さなかった。村には魔物避けが張られていて近づけない。けれど屋敷ならば範囲外、となると、丁度旅立つレイシー達を睨みつけ、まずは嫌がらせをせんとばかりに飛び出した。目指すは薬草畑である。

しかしそれをティーが食い止めた。「キュイーッ！」と気合の一発とともにキックを繰り出し、イノシシはふらつく。突撃する。翼を開いて威嚇する。首を振って「ぶもお！」と鳴く。戦う。日が暮れる。そして生まれる友情。

「なるほど」

よくわからないけれど、まあいいかと頷いた。

レイシーはよくわからない事態でも人よりもスムーズに受け入れがちである。行く道を指し示されて生きてきたので、そういうものだと言われるとまあいいかと納得してしまうのだ。なんかもうどうでもいいかなと正直思ってしまったという理由もある。

というわけで一人と二匹の共同生活とレイシーの魔道具作りが始まった。

まるでフェニックスのために薬草を作ったときのようだ。

『それなら、魔道具を作ってみたらどうだ？』

ウェインが指し示してくれた言葉が頭の中にある。

魔石に覚えさせることができる魔術は単純なものだけ。だから今回のようなケースを全て解決できるものを作ることは難しいと突っぱねてしまったけれど、本当にそうだろうか?

試してみなければわからない。レイシーができることはやっぱり魔術を考えることだけだ。それならとことんやってみるしかない。

毎日、試行錯誤を繰り返した。あれが違う、これが違う。魔術はいくらでも新しいものを作ることができる。けれど魔石に込めるとなると、難しい。

時間ばかりが過ぎていく。

――視界の端ではイノシシに乗ったティーがてこてこと屋敷の中を暴れていた。

あんまり足跡がついていても大変なので、玄関の前で足を洗ってもらうようにお願いすると、次の日からイノシシの足は綺麗になっていた。なので屋敷の中でも放し飼いである。ティーに友達が増えたのはいいことだ。

――紙束の前に座って、ペンを走らせてみる。

わからない、とばっさりと紙を投げ捨てた。しかしイノシシがキャッチする。ティーはそれを集めて回る。さあどうぞ、と渡されて、逃げ切ることができない。思わず顔が引きつった。

――大量の野菜をイノシシは食べていた。

屋敷には、アレンとカーゴから渡された野菜達が山ほどある。こいつはうまいと短い尻尾を振っているところを、こちらもいいぞとティーがイノシシに教えてやる。二匹がもしゃもしゃ薬草を食べている。もう少し収穫量を増やした方がいいだろうかと畑を広げることにした。

「ううう、思いつかない!!」

レイシーは畑に大の字に転がり地団駄を踏んだ。考えすぎて頭の中がおかしくなってしまいそうだ。一人きりでなくてよかった。一人と二匹でよかった。そうじゃなければレイシーはすっかりおかしな人だ。

イノシシ達のために広げた畑の上で空を見上げる。まだ薬草は植えていないから体中土だらけだ。一回、頭をからっぽにしようと思った。根を詰めるなよ、と言ったウェインの声が聞こえる気がする。

「ウェイン……」

大丈夫、と誰とも知らず呟いて、真《ま》っ直《す》ぐに手を伸ばす。

「ぶんもおおおおおお」

「キュイイイイイイン」

そしてまた現実に戻ってくる。

「……何をしているの？　というかうわあ、そっちは花畑……」

ティーはイノシシの上に乗ってそこら中を駆け回って勢いよく激突していた。本人達が楽しげなので別にいいけれど、スピードには気をつけてもらいたい。

二匹がつっ込んだのは新しくできた花畑だ。大きな花びらは立派に開いていて、色とりどりの目にも鮮やかな色彩で見るだけで楽しくなる。

タラッタディーニでティーへの土産として買った種を育てたのだ。『花を育てて草木を愛でて、洒落っ気の一つでも覚えるくらいが目標だ』というウェインに対して、とりあえず花を育てる程度ならできるのではと薬草畑のついでとばかりに広げてみた。

プリューム村とあちらでは気候が違うが、そこはお決まりの土の魔術改造である。

何回かの試行錯誤のもと、薬草と同じく成長の早い花達がむくむくと育っていった。ティー達も喜んでいた。そして花に水をやる度にレイシーはウェインのことを思い出す。飯を食え。そうだ、そう言っていたとはっとして、二匹と一人で食卓を囲む準備をする。

ウェインはいないはずなのに、彼はこんなにもレイシーの中に入り込んでいる。

「ああ、花びらが……」

二匹の突撃の影響でいくつかは散ってしまっている。

イノシシとティーは初めこそは目を回していたが、彼らも大切にしていた花畑だ。しゅんとしつつレイシーに謝り、花達にも頭を下げる。

「してしまったものは仕方がないから。次は気をつけてね。二人とも、体中が花びらでいっぱいだよ」

「ぶもお……」

「きゅ、キュイ……」

二匹は互いにチェックしつつ、ぶるぶると体を振るった。

しかししっかりと花の匂いが染み付いてしまったからか不思議そうな顔をしている。レイシーは二匹に視線を合わせて座り込みつつ、笑ってしまった。

タラッタディーニで買った花は潮の匂いにも負けないくらいに香りがしっかりしている。けれど不思議と不快ではない。落ちた花びらをつまみながら、すん、と匂いをかいでみた。

そのとき、ひらめいた。

レイシーは急いで落ちた花びらを回収し、回復薬を作る要領で花を煮つめていく。

そしていくつかの調節を繰り返し、出来上がった。

魔術で鳥の手紙を作り出し、ブルックスのもとへ飛ばす。前回ブルックスには印をつけておいたので、郵便で届けるよりも断然早い。封筒には出来上がった代物を詰め込んだ。

数日後、まさかのブルックスがレイシーの屋敷の扉を直接叩いた。

手紙が届いて使用してとなるとどう考えても時間が足りないはずだが、どうやら彼は限界を超える速度でやってきてしまったらしい。頬を興奮で紅潮させたブルックスはレイシーの手を掴み、何度も上下させて感謝の言葉を繰り返した。

体ごとぶんぶんとされながら、どう言っていいものかわからなくてレイシーは曖昧に笑った。渡したものは魔道具だったが、大したものなど作っていない。むしろ、なぜすぐに思いつかなかった、という話だ。

彼女が作ったものは、匂い袋。小さな袋に、花の香りを詰め込んだものだ。

ただ、ちょっとした特別製だけど、と考えた彼女のちょっとしたとは、もちろん全然小さなことではないのは、いつものことだ。

「レイシー、本当にありがとう！！！　感謝する！！！」

「いやあの、はい、その、はい……」

音量を調節しろ、とウェインに言われたことも頭からふっとんでいるらしいブルックスはレイシーの腕を摑みつつぶんぶんと振った。

感謝されているということはわかる。けれども始終くすぐったい。だって本当にレイシーからしてみれば、大したことはしていないのだから。

「ブルックス、あれは、タラッタディーニにもともと咲いている花の匂いが、強く出るようにしたものです。臭いを吹き飛ばすことができないのなら、上書きすればいいんじゃないかと思いまして……あの花なら皆さんにも、馴染《なじ》みが深かっただけじゃないでしょうか」

「ああ、ラッカの花だろう？　それはわかるが、それだけじゃないだろうッ！！！」

「ま、まあ……」

声の勢いに押された。

そのときイノシシといえば様々な葛藤があるのか部屋の端に隠れて、はあはあぶもぶもしていた。落ち着いてほしい。

レイシーはブルックスから距離を置き、静かに両手を上げてまるで降参のようなポーズをした。そんな彼女を見て、ブルックスはおっと、と口元を押さえて距離をあける。

「なんにせよ、だ。早くこれを渡したくてな」

渡された布袋の中には、金貨が五枚。レイシーは首を傾げて考えた。

そして報酬のことを思い出した。

「……多いです！」

すっかり忘れていたし、もともとは三枚と言っていたはず。

いくらブルックスがどんぶり勘定の男でも、これはいけない。間違えるにもほどがある。

「これで合っている。本当なら、もっともらってほしいぐらいだ」

しかし獅子のような男は、頬の傷までにっこりさせて笑っている。

「感謝の気持ちを金でしか表せんとなると嫌らしいようにも思うが、わかりやすいものも必要だろう。受け取ってくれ」

レイシーの小さな手とブルックスの手を比べてしまうと、まるで大人と子どものようだ。

ブルックスはレイシーを傷つけぬよう、やんわりと金貨を握らせる。これはレイシーが求めていたものだ。きちんと、自分の力で金を稼ぐということ。

一人で、生きていける力を得るということ。

「……あ、ありがとう、ございます……」

手のひらの重さは、少しばかりの自信に変わった。

「なあレイシー」

じっと金貨を握りしめるレイシーに、ブルックスはゆっくりと言葉を選ぶ。

「お前が俺のことをあまり得意ではないということは知っているし、俺達はもう仲間じゃない。だから無理に仲良くなる必要はないということを前提として、聞いてくれ」

どきりとした。レイシーはブルックスのことをあまり得意には思っていない。

彼の人の良さは知っているが、旅の途中どうしても心を開くことができなかった。それでもレイシーは彼のことを仲間だと感じていた。とても大切な苦楽を乗り越えた仲間なのだと。

だから、もう仲間ではないと言われた事実に愕然《がくぜん》とした。でもその通りだ。レイシー達の旅はもうとっくに終わっている。

ショックを隠すことはできなかったが、それでもきちんと続きを聞こうと思った。

怖くてたまらない。でも逃げてはいけない気がする。

「な、なんでしょうか……!?」

「その……できればなんだがな。俺達、友達にならないか？　ウェインと同じようにたまにここに来て、いや逆にレイシーが俺の街に来てもいい。嫌がるかもしれないと思って、旅の間は言えなかったんだが、どうだろう。ついでに友達というんなら、敬語もなしにしてもらえると助かる」

どうにも尻がむずむずしてなあ、とブルックスはぼりぼりとお尻をかいている。

……言葉に、ならなかった。

ちゃりちゃりと、レイシーの手の間から金貨がこぼれ落ちる。

慌てて二人で拾ってもう一度立ち上がって、顔を合わせて、何度だって頷いた。ちょっとだけ泣いたというと嘘であって、ぼろぼろと涙ならこぼしていた。

レイシーとブルックスは、こうして友人となった。

今度引っ越すときはちゃんと言えよと笑い声を残して、大きな手を振って帰っていく。

引っ越すつもりなんてないけれど、もちろんと力いっぱい返答し、レイシーの三つ目の依頼が完了した。


そうして満足感を胸に日にちが過ぎ、特に何の変化もなく……いつの間にかいつものレイシーに戻っていた。

成功を得た経験は人を成長させるが、彼女はとにかく内向的であり多分人よりも鬱屈している。

「暇ではないけれども暇のような、一体どうすればよいか……」

「レイシー姉ちゃん、彼氏はどうしたんだよ、振られたのか?」

村の境目を流れる大きな川を見つつぼやいていているところにアレンがやってきた。彼氏とは多分ウェインのことだろうが、別にどうでもいいので無視することにする。

「ほら、あの金髪の兄ちゃんな」

ウェインの姿を思い描いているらしく、アレンは人差し指を立てる。

その後ろには、アレンの父であるカーゴが。

「え? 金髪じゃないだろ。そこまで明るくなくて、うん、あれは茶髪だな」

さらに通り過ぎようとしていた別の村人が。

「んん? 黒髪だったろ」

ウェインが村に来たのは一度ではないし、レイシーもプリューム村にすっかり馴染んでしまっている。体育座りをしつつ、なんとなく顚末《てんまつ》を見守ることにしたが、村人達は互いに話し合って、いや違う、そうだと繰り返し、さらには別の住人も巻き込んでいく。

それぞれが思い描くウェインの姿を説明するが、歳《とし》と性別以外はどうにも話が合わない。当たり前だ。ウェインは隠蔽魔法を使っていたから、見た者が思う一番地味な男の姿に変わっているはずだ。多分一生答えは出ない。

そんなこんなで喧々諤々《けんけんがくがく》し始める彼らから一番に抜け出したのはアレンだった。

「で、レイシー姉ちゃん。どうしたんだよ」

「どうしたと言われるとなんというか、依頼を、探しているっていうか……。その、一応、何でも屋だから。……でも、依頼人が、見つからなくて」

「あー」

探している、といっても日々こそこそと村の中を歩き回っている程度なのでレイシー自身もこれでは意味がないとわかっている。けれども一歩を踏み出せない。

「俺が依頼してやろうか？　そろそろ種まきなんだけど。報酬は野菜で」

「……私は野菜をもらいすぎだと思う……」

あと多分、アレンが言う依頼はレイシーへの思いやりであって、絶対に必要なものではないのだろう。アレン一人でも事足りる作業量に違いない。

うーん、と唸りながらアレンはレイシーの隣に座り込んだ。さらさらと水が流れる音が聞こえる。

嵐が来ると恐ろしく荒れ狂う川だが、そうでなければ日々村人を守るありがたい場所だ。

アレンの横顔を見ていると思い出すのが彼の妹の存在である。

生まれたばかりの赤子の名前はレインと決まり、レイシーもちょっとだけ挨拶をさせてもらった。いつでもご機嫌にきゃっきゃとしていて、可愛らしい女の子だった。

「……レイシー姉ちゃんは、今までどんな依頼をもらったんだ？」

参考までにと尋ねるアレンに、ゆっくりとレイシーは考えつつ、指を折って数えてみる。

一匹目のフェニックスのことは説明が難しいのでさっくりと無視をすることにして、二人目はアレンとカーゴの本人達の話だからこれも置いておく。だから説明できるとしたら三人目、ブルックスだけだ。言える内容が一つしかない。

最初から数えるともう半年程度は経《た》っているだろうに、一つだけ。

情けないのか恥ずかしいのか、レイシーだってわからない。そして詳しく説明するのも気が引けたので、懐の中から匂い袋を取り出しざっくりと伝える。

「これを作ったの」

「……これ？」

「匂い袋。お花の匂いがするでしょ」

「お、おおおお」

最後の台詞はアレンでも、ましてやレイシーでもない。アレンとレイシーが座り込んでいた背後から両手を出してわきわきしている男がいる。

両目はつり目がちで、ぱっと見は狐《きつね》のように見える男はいつぞやの行商人だ。

「匂い袋ですか。面白そうですねえ、ちょいと失礼。お貸しいただけやす？　はんわァ!!」

仰《の》け反《ぞ》った。

大丈夫だろうか、とレイシーは男を不安な面持ちで見つめる。

「これが、匂い袋……？　いや違うでしょ、こりゃ魔道具でしょ」

「はあ……」

欠片《かけら》であるが魔石を使用しているのでその通りではあるが。ふんふん、くんくんと男の鼻は忙《せわ》しなく動いている。

「これ、他にもお持ちですか。もしくは作ることができますかあ！」

勢いがすごい。レイシーは押されるように頷いた。

「他に、とりあえずですけど作ったものは、いくつかと……。作れと言われれば、追加で作ることもちろんできますけど」

「お願いします！　こちら、いくらでも買い取らせていただきますとも！」

言い値で、とまではもちろん言わない。この程度で、と指を突き出す。

指から察するに、一つの値段が銀貨二枚。

えっ、とレイシーは跳ね上がった。驚いたのだ。もちろん多すぎて。こんなものいくらでも作ることができるのに。

混乱するレイシーを他所《よそ》にさらに行商人の背後にぬっと立ったのはカーゴである。

行商人の手から匂い袋を持ち上げ確認し、今度はそっと行商人が立てる指の数を一本増やす。合計三本。つまり、銀貨三枚。

「これくらいはできるだろう。あとは数があればもっと増やせるかな」

「やだな、カーゴの旦那。こっちの商売に口出ししちゃ嫌ですよ」

「レイシーさんは妻と子の恩人だ。あんたも積み荷が助かったと言っていただろう。これでも、ここは羽根飾り村《プリューム》だ。いくつも飾りを作ってあんたに売って来たからな。商売のイロハ程度は知ってるぞ」

にかり、と珍しくもカーゴは意地の悪い笑みを浮かべている。狐はだらだらと汗をかいた。そして根負けした。レイシーが知らぬ間に話がまとまっていく。

もちろん無理というならやめましょうといつもの優しげな顔を見せたカーゴに、慌ててレイシーは首を横に振った。右も左もわかっていない自分になんともありがたい存在だった。


それからレイシーの一日は目まぐるしく変化した。

色とりどりのラッカの花畑を手入れし、花びらを煮つめてから瞬時に魔術で水分を飛ばす。これは回復薬を作る手順とほとんど同じで、匂い袋の原料になる。しかし段々生産が追いつかなくなってきたので煮る手間を省き本来の花の形のまま乾燥させることにした。そのお陰で花の形が崩れることなく、見かけが可愛らしくなったとティー達とレイシーはほころんだ。

花の他にはもちろん袋だって必要だ。布を切って小袋をたくさん作った。初めは手元にある布だけだったが、行商人からどんどん新しい布を渡されるうちに楽しくなって、ひらひらとしたレースの生地から透かしてあえて中の花を見せるような形にしてみたり、リボンの柄を変えてみたりと趣向を凝らすといくらでも組み合わせることができると気づいた。

レイシーがいくら作っても、匂い袋はまたたく間に売れていく。

王都の、それも女性達に人気のようで中には男性まで買い求めているという。

レイシーだけでは到底手が足りないと気づいたときには、匂い袋は村全体の事業となっていて、狐は高笑いを繰り返していた。

「コカトリスの羽根が消えた日にはがっくりしましたが、いつかこんな日が来るかもしれないと思って、村に顔を出していたんですとも！」

と、言ってコンコン笑う彼の全身をティーはくまなくつついた。一体なんだって言うんですかと悲鳴を上げて、行商人は倒れ込んだ。ティーはとりあえずそれで満足したようで、イノシシに乗ってのしのしと消えていく。

ティーの親といえばいいのか、フェニックスの子は自身の分身ともいえるので本人と思えばいいのか。行商人が言う金色の羽根飾りは決してフェニックスが望んで渡していたものではない。けれどもあくまでも知らずに受け取っていたわけだからこの程度の処置なのだろう。

体中にクチバシのあとをつけて半泣きになっている行商人には、そっと薬草を渡した。

その瞬間、行商人は細い瞳をあらん限りに広げて輝かせて「これも売ってくださいなぁ！」と叫んでいたが、さすがにお断りをした。

こうして配給が安定した頃、匂い袋には一つの刺繍《ししゅう》がされるようになった。小さな星のマークだ。レイシー印の魔道具ならぬ匂魔具《ほうまぐ》と名付けられ、いつしかクロイズ国で知らぬものがいないとまで言い表されるようになったが、製作者の名は伏せられたまま不思議な星印だけが人々の記憶に残った。

山のような金貨を見つつ、レイシーは思わず呟く。

「お金があればあれで、不安のような……」

でもせっかくだ。

ちょっと使ってみてもいいかもしれない。

「……どう思う?」

と、尋ねてみたい相手はここにいない。

レイシーは屋敷にかけてある姿絵を見上げた。

姿絵の中に描かれている豪奢《ごうしゃ》な赤髪の女の隣には金髪の伊達男《だておとこ》が立っている。

タラッタディーニで別れてから数ヶ月、レイシーはウェインにただの一度きりも、出会っていない。

＊＊＊

がたがたと揺れる馬車の中で青年は剣を抱えた。

「——いちょう。シェルアニク隊長！」

「ん、ああ、悪い。なんだ」

「いえ、少しぼうっとなさっていらっしゃったようですので、いかがされたのかと。馬車を止めますか？」

「問題ない。考え事をしていただけだ」

ウェイン・シェルアニク——ウェインの名だ。また彼は元勇者として魔物討伐のための遠征隊の隊長でもある。

隊長でもぼんやりなさることがありますかと幾人かの王国兵が軽く笑う。まあな、と軽く返事をした。レイシーやブルックスを相手にするよりも、その口調は冷えている。

もともとウェインはこんな男だ。しかし本来なら一つの馬車をまるまる使うことができる立場だというのに、こうして兵士達と場所をともにする。初めは恐縮ばかりしていた兵士達だったが、今ではウェインの存在など気にせず談笑している。もちろん上官がそばにいるというのも気が引けるだろうから、あまり長くいることもない。

——こうすれば彼らの顔と名を覚えることができる。どんな人間で、何を考えているのか。

数ヶ月の遠征は確実に彼らの体力を蝕《むしば》んでいく。

しかし国から新たに送られた物資は、隊にわずかな明るさを取り戻させた。

妻からの荷が入っていたと嬉しげに声を上げている者もいた。たしか、メイスといったか。新婚だったはずだ。

（想像よりも長くなったな）

初めは村を襲う大型の魔物を退治するというありふれた依頼だったはずだ。

それがいつの間にか紐づき連続して今である。ため息が出た。

「さすがに次で最後だろう。浮かれるのはいいが、気を引き締めろ」

視線も向けず呟くようにウェインは指示したが、すぐさま馬車は静まり返る。そして返事が重なり合う。

「ハイ!!」

「進軍中だ。返事は控えろ」

「ハイ!!」

だからな、呆れたように声を出そうとして、やめた。中でも一番元気に返事をしているのはメイスだ。よっぽど送られた荷が嬉しかったのだろう。

最後の依頼は他愛もないものだ。村の近くの洞窟付近にどうやら魔物が出て、近づくことができず困っているらしい。

数はおそらく一匹。しかし報告では奇妙な形をしていたとのことだった。

まるでそれは——蜘蛛《くも》のような形の魔物であったという。

終　章 ● 星さがし

　事前の情報と異なる。

　ウェインは静かに舌を打った。可能性としては、情報が古かったということ。彼らが遠征を繰り返している間に刻々と状況が変化していた。

　——蜘蛛。

　倒しても、倒してもきりがない。ウェインは無言のまま剣で切り裂く。額に汗が滲む。風の魔術で表面をコーティングされた剣は通常なら叩き潰すしかないものも滑るように切り伏せる。器用な男だ、とブルックスには笑われたものだ。

　けれども部隊の多くはそうではない。中には経験の浅い兵もいる。右に、左に。どこからやってくるかわからない蜘蛛と呼ぶにはあまりにも醜悪なそれに翻弄され、潰された目で喘ぐ声が聞こえる。

　（……撤退させるべきか）

　ウェイン一人ならまだどうとでもなる。

　一匹いっぴきは大したことはなくても確実にこちらの穴をつくように動いている。おそらく、この蜘蛛を操っている何かが存在する。

　ぞっとするような感覚とともに剣の柄を握りしめた。その何かをウェインは理解している。あれ

The Dawn
With Lacy
Want to
Live Finely.

には知性がある、計画がある。

人間というものを、推察し、逆手に取る。

思案しつつも洞窟を進んだ先には女がいた。半分は裸体。けれど、下腹部は蜘蛛の体。

「く、食われたのか!?」

震えながらメイスが叫ぶ声が聞こえる。メイスはウェインよりも年は上だが、この中では一番の若手だ。

「……違う」

「え、でも、隊長……」

「見てみろ」

女は、ゆるりと体を動かす。

食われたと思われたその体に境目など存在しない。女の足が丸い蜘蛛の体をしている。アラクネ、と呼ばれる魔族である。彼らは通常の魔族とは異なり人に近い脳を持つ。魔王がウェインによって倒された今、生まれるはずのないもの——つまりは魔族の生き残り。

暗い洞窟の奥底でただ静かに魔物を生み出し続けていたのだろう。

女の顔はある。けれど、まるで能面のようだった。ただ、そこに、目と、鼻と、口がついているというだけ。そして女の腹にはうぞうぞと何かが蠢《うごめ》いていた。今もなお、生み出されているのだ。

背を向けるわけにはいかない。

「各自、撤退！　怪我《けが》をしている者は遠慮なく回復薬を使用しろ！　ここは俺が引き受ける！」

「けれど」

「走れ！」

すでに、ウェインの手には聖剣はない。彼はただの人である。しかし彼は余りあるほどの才を持って生まれた。命を使い切るように旅をした経験が、さらにそれを磨いた。一呼吸の間に、二匹の蜘蛛がウェインの足元に崩れ落ちる。それを繰り返す。生み出されるよりも多く屠《ほふ》る。単純な話だ。単純すぎる、話だった。

「メイス、さっさと逃げろと言っている!!」

多くの兵が撤退する中、メイスは歯の根も噛《か》み合わぬまま立ちつくしていた。

逃げなければならない。魔族は国一つの兵力にも値することすらある。事前に調査し、入念な準備を行ってから一度に戦力をぶつけなければ食いつぶされるだけだ。

メイスの頭では理解している。けれど逃げることができない。

それほどまでに目の前の光景は壮絶だった。

蜘蛛達《たち》の中をウェインはかいくぐり、尋常ではない剣技を叩きつける。剣では足りないならば、拳を使う。それはメイスが知ることはないが、ブルックスの武術だ。

一体、ただの人の身でどれほどの鍛錬を重ね、窮地を乗り越えたのか。ウェインはすでに勇者ではない。もとは勇者であったただの人だ。過去の彼は、きらびやかな剣をその手に握っていた。

ウェインを勇者と示す剣はすでに彼の手にはなく、地中奥深くに封印され、次の来たるべきときを待っているのだという。

――まるでおとぎ話だ。けれど、これは現実だ。

「に、にげ、逃げません！」

すでに明かり役となる魔法使いもウェインの命令の中、消えてしまった。今頃は王都に伝令を飛ばし指示を仰いでいるのだろう。

メイスには魔術の適性がある。この暗闇ではいくらウェインといえどもどこから敵が襲ってくるかもわからない。へたり込んでしまいそうになる足を叱咤《しった》し、長い呪文を唱え火の玉を作り出す。

噂《うわさ》に聞く暁の魔女であるのなら一つ指を振るう程度でメイスと同じものを作るのだろうが、今の彼にはこれが精一杯だ。剣を杖《つえ》の代わりとして延々と呪文を叫び続ける。一瞬でも途切れれば、すぐさま火の玉は消えてしまうだろう。

アラクネに従えられる蜘蛛と、火の相性が悪いらしいことは幸いだった。彼らは炙《あぶ》るような炎にじわりと後ずさり、メイスには近づかない。ウェインがメイスを守るように戦っているということもある。

そのことに気がついたとき、やはり言われる通りに逃げるべきだったのか、それともこれが正しかったのかわからず視界が滲んだが、ウェインがメイスに逃げろと叫ぶことはもうなかった。

「……すごい」

少しずつ、蜘蛛の数は減っていく。

洞窟をおびただしいほどの数で埋め尽くしていたはずの蜘蛛が、今はもう数えるほどだ。

アラクネが産み落とす速度も落ちている。ほっとすると麻痺《まひ》していたような感覚が抜け落ちて、遅れてくる恐ろしさにまた震えた。でもウェインに比べれば自分などただ突っ立っているだけだ。

ウェインの刃が、アラクネに届く。女は悲鳴を上げる。がたがたと体は震えているのに、知らず安堵《あんど》の息を吐いていた。そのとき、少しばかり視界が回った。

てっきり魔術を使いすぎたせいかと思っていたが、それとは違う。ぐらぐらと、立っていることができない。それでもどうにか火の玉を維持して、倒れ込み、ひゅうひゅうと咳《せ》き込みながらも呪文を続ける。

（なんだ、これは……）

メイスだけではない。ウェインの動きも、どこか鈍く体をぐらつかせている。

毒だ、と気づいたときには遅かった。

洞窟内の密閉した空間の中では逃げ場もなく、全身から汗が噴き出す。

息を吸うことができない。

「う、ぐ、あ……」

自身の胸元をかきむしる。少しずつ、火の玉が削り取られるように消えていく。

薄暗く変わる視界の中で、思い出すのは妻のことだ。自然と、服の胸元に忍ばせた小さなお守りを握りしめる。

（隊長……）

ウェインがアラクネに叩きつけられ、腹に大きな穴をあけ、壁に縫い付けられた。

その光景を最後に、メイスの記憶は途切れた。

ぷっつりと、まるで切り取られたように。

＊＊＊

苦しげな声が聞こえる。

なのにレイシーには何もできない。

これは誰の声だろうか。わからない、けれどもわかる。

――レイシー。

ウェインだ。

いつもの余裕ぶっていて、お節介で、ときどきいたずらっ子のように笑う彼は、どこにもいない。

泥の奥に埋まって、ただぽとりと呟《つぶや》いた。そんな声だ。

どろどろと、重たいものの中に沈んでいく。

次第に声すらも聞こえなくなる。どこに行くの。

「ウェイン……！」

飛び起きた。窓の外からは、明るい光が差し込んでいる。ティーとイノシシは小さなベッドに仲良く丸まっていて、未《いま》だに寝息をかいていた。

昨日も遅くまで匂い袋を作っていた。夜なべをしているレイシーに合わせて二匹もギリギリまで起きていたのだ。ちゅんちゅんと外から聞こえる平和な鳥の鳴き声がここは現実なのだと教えてくれる。

どくどくと、心臓から奇妙な音が聞こえている。

わからない。けれど、ひどく怖い。次第に指先まで震えてくる。

しかし来訪者を知らすベルがちりちりと鳴っていた。レイシーはベッドの中から起き上がりケープを羽織ろうとして、やめた。外はすっかり暖かくなっている。

ドアベルの音は鳴り続けている。手すりに手をかけながらぱたぱたと急いで階段を下りて、扉をあけようとした。

そして、先程の夢を思い出した。ぴり、とまるでドアノブから冷たい何かが伝わってくるようで、あけたくない。けれど、そうこうしている場合ではない。

あんなものはただの夢だ。勢いよく、扉をあける。

「よう、久しぶり」

ウェインがいた。

金髪、翠眼《すいがん》の伊達男《だておとこ》。上から下まで見てもいつも通りの彼で、何も変わらない。

いや、少しだけ痩せただろうか。いつも以上の土産の荷物を脇にどっさりと抱えて、「レイシー、俺がいない間もちゃんと食っていたよな?」とお小言付き。

わなわなとレイシーは震えた。

「……？　どうした」

「な」

「うん」

「なんで、生きているの……!?」

「お前は、なぜ俺を勝手に殺している？」


レイシーの発言は失礼極まりなく、しかも確証なんてものは何もないただの夢だ。多分、寝ぼけていた。

心配していた人物がなんてこともない顔でひょっこり現れたものだから、混乱してしまった——という旨を食卓の席で伝えて、久しぶりの彼の紅茶をゆっくりと飲む。

やっぱりレイシーなんて足元にも及ばないくらいにおいしい。

足元ではぶもぶもとイノシシが鼻を鳴らして、ティーもばたばたと暴れている。

ウェインはイノシシを見たとき、「何か同居人が増えていないか」と一瞬眉をひそめたが、「部屋数が多いから」とさらりとレイシーが流したので、まあいいかと彼もとりあえず頷《うなず》いた。

そして先程の話だ。

考えれば考えるほど恥ずかしくて小さくなってしまいそうなのに、ウェインは案外難しい顔をしながら、「なるほどな」と納得した様子だった。

「レイシーは魔法使いだからな。強い魔力を持つ魔法使いなら、他人に同調して過去を見ることもあるだろう」

聞いたことはあるが、同調するほど相性がいいものなど存在しなかったため、そういうこともあるのだろうかという程度の感覚だった。

「うん……そうだな」

言いながら、ウェインはごそごそと服のポケットから何か小さなものを取り出した。

彼の指に隠れていたそれを覗《のぞ》くと、なんてことはない。レイシー印の匂い袋だ。

最近は偽物も増えているらしいが、レイシーの匂い袋には彼女が必ず星の印を縫い付けているから間違いない。魔法使いの刺繍《ししゅう》にはほんの少しの魔力が宿る。

「ウェインも買ってくれたの？　たくさんあるからウェインならいくらでもあげたのに」

「……やっぱり、レイシーが作ったのか」

がっくりといえばいいのか、力が抜けたといえばいいのか。

ウェインはため息をついて匂魔具《ほうまぐ》と名付けられた自分の手の中にある匂い袋を見つめる。どうやらウェインはレイシーが作ったものだということを知らなかったらしい。

考えてみればレイシーがこの袋を作ったのはウェインが遠征に出かけてからだ。

彼と会うのはだいたい四ヶ月ぶりだろうか。製作者はレイシーの意向で隠されたが、ウェインがいない間に匂魔具はクロイズ国で大流行し、おしゃれに敏感なものは誰しもが買い求めるようになった。昨今では匂いを操るのがトレンドだそうだ。

もとはブルックスの悩みを叶《かな》えるために作られた……だなんて、おしゃれのために日々、色々と探究し続けるマダム達はまさか思いもしないに違いない。

「うん。プリューム村の人達にも手伝ってもらっているけれど、ブルックスの依頼で一応私が作ったことになるかな……。時間はかかったけど、なんとか解決したの」

自分で言いながら、ちょっと照れた。

「ブルックス……そうか、そういうことか」

ウェインはなぜだか苦笑していた。

何か妙な雰囲気だ。おかしなことをしてしまっただろうか？　レイシーはない帽子を触るような仕草で前髪をいじる。顔を隠してしまいたい気分だ。

ウェインは先程よりもさらに大きなため息をついた。

てっきり怒らせてしまったのかと思って椅子の上で小さくなると、「違う、悪い。今のは自分に対してだ」と彼は慌てて付け足す。

それから覚悟を決めたように、ゆっくりと言葉を落とした。

「レイシー。俺はお前が作ったこれに命を救われた」

一体どういうことだろう。

レイシーのヘーゼル色の瞳が、ぱちりと瞬く。ティーや、ウェインを怖がりテーブルの下に隠れていたイノシシさえものっそりと顔を出して首を傾《かし》げる。

それくらいにウェインの声は神妙だ。

「ついでに以前にもらった薬草。あれも使わせてもらった。悪いな」

ウェインはレイシーに確認しながら、一つひとつ説明する。

そう、この匂い袋はちょっといい匂いがするだけのただの匂い袋なんかではない。レイシー特製の魔術が練り込まれている。

つまりな、と。続いたウェインの言葉にレイシーはどんどん眉をひそめていく。彼には本当に命の危機が訪れた。魔族と、出会ってしまったのだ。

ウェインの話をまとめるとこうだ。

アラクネは洞窟の中に毒を充満させた。それを吸い込んだウェインとメイスという王国兵は、死を覚悟した。

けれど、メイスがレイシーの匂い袋を持っていた。

彼もウェインと同じく遠征に参加していたから、匂い袋の効能のことは知らなかったが、彼の妻から送られたものだったから、お守り代わりに思って大切にしていたらしい。

アラクネの毒は彼ら二人の意識を奪い取るものだった。しかしメイスが袋を握りしめた瞬間、洞窟の内部に溢《あふ》れた毒は吹き飛び、残ったものは微《かす》かな花の香りだけだった。

海の街、タラッタディーニでレイシーとともにティーへの土産として花の種を買ったから、ウェインにはそれがラッカの花だということはすぐにわかった。

腹にあいた大傷はレイシーからもらった薬草を貼り付けた。最後の手段であったはずの毒でさえも無効化されたアラクネは、能面のようであった顔に驚きの表情を浮かび上がらせ、深々と胸の中心部にウェインの剣を埋め込まれた。

「……レイシー、これは花の匂いを周囲に充満させる……そんな簡単なものじゃないな？　その場にある空気を浄化し、花の匂いを拡散する。つまり二種類の魔石が縫い付けられているんだろう」

ウェインなりになぜ毒が無効化されたのかと調べたらしい。その通りだったからレイシーは頷いた。

魔石に覚えさせることができる魔術は威力が小さいものだけだ。レイシーが最初に考えたのは風魔法だ。けれど以前にウェインに伝えたように臭いを拡散できるほどのものではなく諦めた。

それならと思いついたのは、袋の周囲を空気ごと浄化してしまう方法だった。

これなら範囲を狭めれば小さな魔石でも使用できる。もちろん実現を可能にしたのは術式を極端なほどに効率化することができるレイシーの能力があってこそだ。野外となると難しいが、洞窟のような閉ざされた場所ならなんとか対応できたはずだ。そして浄化した空間には穴ができる。その部分をラッカの花の匂いで埋めるという仕組みだ。

臭いそのものを消してしまうのだから、クラーケンのあくびもなんてことはない。

国中に流行した理由は――とにかく強い消臭力。これにつきる。花を直接身につけるものも社交界の中にはいたそうだが、匂いはあまりにも微かですぐに消えてしまう。その点レイシーの匂い袋なら、浄化された分周囲の下手な匂いと混じり合うこともないし、新しく別の種類を出したとしても互いに喧嘩《けんか》し合わぬように調節しているから、それぞれを楽しむことができる。

……という説明をしつつ、レイシーは自分が作った魔道具がウェインの命を救ったという言葉を理解して、むっつりとふさぎ込んだ。最近ではあまり見かけないポーズだが、杖を大きくさせて抱きしめながらウェインを睨《にら》んだ。

怪我はすっかり治ったウェインが作るいつも通りにおいしい料理もむっつりしたまま食べた。

ただただ、レイシーはずっと不機嫌だった。そんな彼女を見て、ウェインは苦笑した。

夜になり、ティーとイノシシはベッドに戻った。ウェイン用の部屋ももちろんある。レイシーは相変わらずウェインにそっぽを向いていた。

「……なあ、レイシー」

だからまるで困った子どもを相手にするように、ウェインはレイシーに声をかけた。

「ちょっと、外に出てみないか？」


杖を持ちながら外に出ると、満天の星だった。

雲一つなく、どこまでも澄んだ空の中できらきらと星々が輝いている。

二人はちょっとばかり遠出をすることにした。

ウェインの後ろをレイシーはくっついて歩く。言葉はない。本当は、レイシーは怒っているわけではない。ただ……そう。後悔、している。

「まあ、とりあえず座ろう」

ウェインは原っぱの上にどさりと腰を下ろした。レイシーも静かにそれに倣う。

いつの間にか過ごしやすい季節になった。

プリューム村に来たばかりの頃は、冬の本番を待ち構えていた。

それからフェニックスに出会い、村の人々と顔を合わせて、ブルックスと友人になった。

レイシーからしてみると、驚くべき変化の連続だ。

二人でただ、星空を見上げた。……そうすると、子どものようなふりをして、拗《す》ねるようにしていた情けない自分の口がひどく柔らかくなっていることに気がついた。

ぽろりと、ずっと考えていた言葉が勝手に漏れていた。

「ねえ、ウェイン。まだ、魔族は生きているのね」

ああ、とウェインは頷く。

魔族。多くの人を傷つけたもの達。彼らを倒すためにレイシー達は旅に出て、根源となる魔王を打倒した。けれども魔族の全てを倒し終わってはいないだろうと、心の底ではそう思っていた。結果、想像の通りだった。

一つ歯車が狂えばウェインもどうなっていたかわからない。怖かった。

だから、続けた。

「……私も、もう一度。国に仕えた方が」

自由に生きたい。そう願ったのはレイシーだ。

レイシーはプリューム村にやってきて、多くの初めてと出会った。初めて自身の足で立って、進んで、動いていける。けれど……ウェインは？

ウェインは未だに一人で戦っている。パーティーはすでに解散した。でもいつかまた、魔族は現れるだろう。そのとき今回のようになんとかなる保証なんてどこにもない。だから、せめて。レイシーだけでも。

覚悟の上の言葉だった。なのにウェインは吹き出すように笑った。

「いいんだよ、レイシー。お前は自由に生きてくれて」

ウェインは頭の後ろに手を組みながら草の上に寝っ転がっていた。あまりにも軽い口調だったから、でも、とレイシーは言いよどむ。ウェインは優しい。それからお節介だ。でも、だからって一人で苦しむことはない。

「自由に生きる。それが、お前が王に願ったことだろう」

王から契約紋を解除されたとき、とても恐ろしかったことを覚えている。嬉《うれ》しくて、溢れる涙はどこまでも止まらなかったはずなのに、心の底では震えていた。新しい道を進んでいくということはそれほどまでに、恐ろしくて、嬉しくて、たまらなかった。

ウェインがいなければきっと思いつきもしなかったことだ。たとえ婚約を破棄されたところですぐに次の婚約者が与えられ、形ばかりの妻として一生を終えていただろう。

今更以前と同じ生き方をしたいとは思わない。けれども仲間である彼を放ってなんておきたくもない。

声を出そうとした。なのにうまく感情が動かない。そのときだ、ふと、疑問を思い出した。タラッタディーニでブルックスの願いを考えたときに胸の内にひっかかったものだ。

レイシーはウェインの願いを知らない。勇者として、それこそ一番に褒賞を得るべき人間だ。彼にも王に願う権利はあるはずだから、きっと何かを願っている。――それとも、レイシーのように何もないと告げたのだろうか？

まるでウェインの中には何の欲もないようだ。ウェインのことをレイシーはよくわからない。聞いてもいいのだろうか、と考えて、同時に知りたいと思った。

「……ウェインは、何を願ったの？」

ウェインは瞳を大きくさせた。口元を引き結んで、彼らしくもない顔をする。けれどため息をついた。ちょい、とまるでこっちを呼ぶように手を振るから、寝っ転がった彼に覆いかぶさるように近づく。

レイシーの長い黒髪を、彼はちょんと引っ張る。

「お前だよ」

頭の上で、ころりと星が転げ落ちた。

＊＊＊

言うべきかとウェインは迷っていた。言えば、レイシーは重りのように感じてしまうかもしれない。しかし言わなければ彼女は今の生活を捨ててしまうかもしれない。

「レイシーが、どんな願いを言っても必ず叶えてくれるようにと願った」

魔王討伐を行った者になんでも一つ願いを叶える。そんなものは建前だ。レイシーは国一番の魔

法使いだ。王が手放すはずもない。

だから告げた。たとえ彼女がどんな願いを言ったとしても、それは自分とレイシー、二人分の願いなのだと。

だから必ず、叶えてくれるようにと。

「……なんで」

レイシーは大きな瞳をあらん限りに見開いていた。そうなるだろうと思った。ウェインにだってわからない。なぜ、自分がこうもレイシーばかりを気にするのか。嘘《うそ》だ。記憶を遡らせる。


——お前、何もないのか？


あのときのことは今でも、はっきりと覚えている。

聖剣を扱えることがわかるといきなり勇者ともてはやされ、わけもわからず国中の精鋭が集められたパーティーのリーダーになることを命じられた。能力としては極上でもやってきたのは話も合わない変人ばかり。どうしたものかと頭を抱えた。その中でもレイシーは異端だった。

いつも重たいローブのフードをかぶっていて、とにかく全身が真っ黒で、まるで杖が歩いているのかと錯覚するくらいに自己主張をしない少女だ。

何をしたくて、言いたいのかわからない。命令すればその通りに動く。小さい体で誰よりも火力を持ち大規模な魔術を使い、戦力としては十二分だった。ただ、存在感だけがとにかく希薄で、放っておくと、勝手に消えて野垂れ死んでしまいそうだ、と今よりも少しばかり冷淡であったウェインは淡々と考えたが、実際その通りだった。

旅の途中、簡易のテントから踏み出したとき、レイシーはぺとん、とこけた。重さもなく、本当にローブの中に人間がいるのかと不安になるほどで、ウェインはレイシーを奇妙な少女だと距離を置いていたものの、さすがに仲間である。大丈夫かと声をかけ、近づいた。

そのとき聞こえたのは、小さな腹の声だ。

考えてみると食事のときでもレイシーは端にいて誰とも話をしない。そして気づくといつの間にか消えている。

『腹が減ってるのか?』

問いかけてみると、彼女は不思議そうな顔でウェインを見た。初めて見た彼女の顔は案外可愛《かわい》らしく、幼い表情をしていた。

別にお腹《なか》が減っても適当に薬草を食べればいいし、食事だって数日に一度でも死にはしない、といった旨をたどたどしく語るレイシーの首根っこを摑《つか》んだ。

彼女は目を離すと、いつも一人で鍛錬に向かう。国一番の魔法使いであるくせに、さらにと上を目指している。

いつしかレイシーは、ウェインの前ではフードを下ろすようになり、随分会話が続くようになってきた。

だから、聞いてみた。

旅が終わって、何を願うのか。何をするつもりなのか。

レイシーはやっぱり子どもみたいにきょとんと瞬いて、首を傾げる。婚約者がいるから、結婚する。魔王を倒すために生きてきただけだから、魔術を何かに使いたいとも思わないし、それは自分が決めることではない、と。


「……だから、気がついたら、何もないのかと聞いていた」

「……覚えてるよ。願いなんて、考えてなかったから、そのときはびっくりした」

「そうか、レイシーも覚えているか」

なんてこともない会話だったから、レイシーは忘れているものだと思っていた。けれどそのとき、ウェインの中でかちりと何かが噛み合わさったような感覚があったのだ。

「……俺はシェルアニク家の次男で、家督もないから、多分適当にどこかに婿入りさせられるものだと思っていた。貴族だからな、仕方がない。歳《とし》を取れば呑《の》み込むことができるようになったが、子どもの頃はなんでだと暴れたもんだ。表向きは品行方正な悪ガキは、ちょっとばかしひねくれていた」

今でこそは人よりも魔力量はあるが、子どもの頃は極端に少なかった。魔力が低い者は貴族の中で肩身の狭い思いをするしかない。考えてみると、あれは勇者としての才が小さな体に見合わず、うまく使いこなすことができなかったのかもしれない。

「結局、勇者だのなんだと言われて国に縛られる代わりに、少しは自由になった。だからお前を見ているのと昔の自分を見ているようで、やるせなかった」

それにレイシーはウェインよりもずっと深く、自身の中の願いすらも気づかなかった。
「理由を言うなら、そんなところだ」

だから婚約が白紙となり、大声を上げて泣いた彼女を見て、できることなら抱きしめたかった。

でも、そんなことはできないとも思った。
「……私は、ウェインを私から解放したいと思ってた。ウェインはお節介で、世話焼きだから、こうして一緒にいてくれるけど、そんなの、本当はだめだと思って……」
「はは、なんだそれ」

別にウェインは誰にでも優しいわけではないし、レイシーと初めて出会ったとき、もっと優しくしてやればよかったと今でも後悔する。細い彼女の手を引っ張った。ひゃあ、と小さな悲鳴を上げて、すぐにレイシーはウェインの隣に転がった。
「離れるなよ。俺のそばにいてくれよ。お前は自由に生きて、それを一番近くで、俺に見せてくれ」

レイシーの前髪を片手で持ち上げ、こつりと額をつける。

わずかに、レイシーの瞳には涙が滲んだ。

彼女のことをこんなに想《おも》う気持ちがあるのに、ウェインは自身の感情がわからない。おぼつかない足で歩く少女を不安に思って、ただ手を出したくなってしまっただけなのか、過去の自分に重ね合わせただけなのか。

レイシーは、ウェインと離れることを願っていた。

自分の足で真《ま》っ直《す》ぐに立って、彼に不安をかけぬように生きるようにと。一緒にいたいと願う気持ちを箱の中に入れるように封じ込んで、ウェインの幸せを願った。

互いに互いを想って、気づいてなんかいない。

けれども、これが恋じゃないわけがない。

レイシーが大声を上げてウェインの前で泣くのはこれで二度目だ。きらきらと輝く星の下で、まるでどこまでも続くような原っぱの中に二人で転んで、今度はウェインは彼女を抱きしめることができた。

「こんなの、泣くことなんかじゃないだろ。泣くなよ、なあ、泣くなって……」

でも涙を拭うことはできなかったから、どうしようもなく声を出して、彼女の小さな頭を自身の胸元に押し付けた。

ぐずぐずになって、肩をひくつかせる彼女に笑った。

何度も、レイシーの頭をなでた。何度だって。

＊＊＊

ある日のことだ。ウェインはプリューム村を訪れた。

暑い季節になるとともにかくブルックスが元気になるからそろそろやってくるかもな、と思いつつ屋敷に向かう。すると屋敷の前に見覚えのある少年がいた。

この間会ったときよりも背が伸びているが、成長期なのだろう。オレンジ髪で元気なそばかすを頬に散らしている少年はとんてんかんとトンカチを振り回して、レイシーの屋敷の前になにやら立て看板をたてている。

「おう、アレン」

「ああ、レイシーの彼氏さんか」

返事をしたもののアレンはじっとウェインを訝《いぶか》しげに見つめて、「やっぱり金髪だよな？　黒髪でも茶髪でもないよなあ……」と首を傾げている。隠蔽魔法の影響だろうか。それはさておき、ウェインはアレンに問いかけた。

「それ、何をやってるんだ？」

「ああ、えっとね……」

「アレン、ありがとう、どんな感じ？」

「レイシー姉ちゃん。ばっちり上々。見てよほら」

丁度レイシーが玄関の扉をあけて出てきた。

「ウェイン。来ていたの」

そして、ぱっと華やいだように笑った。

ふとアレンと見比べてしまったが、レイシーも少しばかり背が伸びているような気がする。ふいにどきりとした心臓付近をウェインは触って、首を傾げる。何のことはない。そろそろ彼女も十六だ。背だって伸びもする。今までが小さすぎたのだ。

自分のその気持ちがときめきであるだなんてまったくもって気づかず、普段通りに近づいて自慢げな様子のアレンの手元を覗いてみる。

看板には、『何でも屋』と彫られていた。その下には見覚えのない言葉だ。

レイシーはウェインの視線に気づいたようだった。

「あの、匂い袋で貯《た》まったお金があるし、何に使おうかと考えて……」

「金なんてもらわなくても、別にこんなもんいくらでもタダで作ってやるんだけどさー」

普段が倹約家のレイシーだ。思いつかずやっとひねり出して、というところなのだろう。

ウェインは看板が一つあるだけで随分雰囲気が変わるものだと驚いた。

昔のレイシーと同じように、屋敷には来る者を拒む雰囲気があった。レイシーが住むことで少しずつ薄れてはきたものの、今はそんなことはすっかり忘れたかのように、明るく、手を広げているようにも思う。

「……この言葉は？」

難点といえば、看板の高さがちょっと低いところだろうか。ウェインは背を屈《かが》ませつつ、何でも屋、と彫られた下にある文字を指差す。するとレイシーはちょっとだけ照れたような顔をして、両手を合わせた。

「あの、えっと、ババ様が、名前と一緒に、どう進んでいくのかが重要と言っていたから、目的、のようなものを、書いてみた、んだけど……」

自信がなさそうに、耳の後ろを赤くしている。

つまりは店の名前ということだろう。

「いいんじゃないか？　綺麗《きれい》だし、レイシーに似合っているように思う」

「ほ、ほんと？」

「ああ」

「俺を無視するのはやめてくれよ」

そして彫ったのは俺だけどね……とアレンは静かに呟く。ごめんなさい、と慌ててレイシーは屋敷の扉を再度あけた。

「改めてだけど、ウェイン、いらっしゃい。アレンもお疲れ様。お茶とお菓子を用意してるから、よかったら寄っていって」

「やったね！」

ぴょこんとアレンは跳ねて、一目散に屋敷の中に消えていく。

その姿を見ていると、下手をするとこの屋敷に一番来ているのはウェインではなくアレンなのでは……？　という疑問も湧く。相変わらずティーはイノシシの上に乗って、キュイキュイぶもおと畑を駆け回っているようである。元気そうでなによりだ。頷きつつとウェインも屋敷の中に入る。

室内に吹いている涼しい風はレイシーの魔術だろうか。器用に使うようになったものだ。

「……あの、ウェイン。実は、なんだけど」

「……ん？」

「今更、なんだけど、私、手紙を書いて」

誰に、と聞くほどウェインは野暮というわけではない。

すぐにレイシーの頭に手のひらを載せた。

「そうか。あいつらが来たらまた騒がしくなるな」

「……来てくれるかな」

「当たり前だ。むしろ、ちょっとくらい怒ってるかもしれないな。そして多分俺も一緒に怒られる。なんで教えなかったってな」

けらりと笑う。

そんなウェインを見ながら、どうだろうとレイシーは不安に瞳を伏せた。

手紙の宛名を書きながら、少しばかり指が震えた。でも、もちろん後悔はない。楽しみと、不安が混じり合った気持ちでアレンを追った。

＊＊＊

レイシーが手紙を出してからそれほど日が経《た》つことはなく、ことりといくつかのポストに手紙が入った。一人は気づくまで、随分時間がかかった。もう一人は竜便が来たみたい、と告げられた言葉に首を傾げて、ありがとうと柔らかくお礼を伝える。

宛名を見た。

彼女のもとにはいつも多くの手紙が届く。

——光の聖女、ダナ様へ。

覚えがない筆跡だ。不要な手紙も多いから、さっさと捨ててやろうと思って今度は差出人を確認する。

『何でも屋、星さがしより』

やっぱり覚えがないけれど、不思議と彼女の指は迷うことなく封をあけ、ぷっくりとした唇をわずかに開いて驚いた。

それから、わずかに口元を緩めた。

「ねえ。私、ちょっと旅に出てもいいかしら？」

驚きの声を気持ちよく浴びながらも、彼女はいそいそと旅支度をする。

忙しさにかまけていて、すっかり旅などご無沙汰だ。さて、何を持っていこう。荷物を詰め込みながら楽しくなる。


一つのきっかけが、一つを呼び、それからたくさんに広がっていく。

これからもっともっと、たくさんの関わりを抱きしめることをレイシーはまだ知らないけれど、ゆっくりと、のんびりと知っていく。


きらきらとした、星空を歩くように。少しずつ。

書き下ろし

竜のポスト便

わさわさと葉っぱがこすれて音を立てる。風が吹けば、ひゅおっと緑が避《よ》けるから、どこを通ったかよくわかる。そんな中で小さな影が飛んでいた。羽ばたきの回数も少なく、どこかふらついている。そしてとうとう、畑の中に落っこちた。

「ぴゅい……」

ぽてん、と力尽きてしまったらしい。薬草畑の真ん中で、体中を土だらけにして落っこちた。そんな『何か』に一番に気づいたのは、ちょこちょこと歩いていたティーである。

ばさばさ、ばさばさと羽を広げて、具合を確認して飛ぼうとして——でもやっぱり面倒なのでちまちま歩いた。近い距離ならわざわざ羽を使うよりもこっちの方が楽ちんである。

ティーの任務はレイシーの畑を守ること。畑を狙う不届き者には成敗を。なんせ薬草畑はティーとイノシシの大事な食料でもあるのだ。ふむ？　と違和感に気づいて、ちょこちょこ歩く。でもやっぱり薬草の背が高くて歩きづらいから、ちょっと飛んだ。そして。

「きゅ、キュオオオオ!?」

——こりゃ、なんじゃあ、と叫んだのだった。

＊＊＊

それと同時刻のこと。

レイシーは本日も平和にウェインとともに春の名残の風を感じながら、ピクニックのような気分で屋敷の外にテーブルを置いて紅茶を楽しんでいた。

アレンが作ってくれた『星さがし』の看板を思い出して、どうしてもちらちら窓の外に視線を送ってしまう。そんなに気になるならいっそのこと、外でじっくり見たらいいんじゃないかというウェインの提案で看板を見つつのティータイムだったのだが、これはなんだかおかしいような、けれども誇らしい気分も半分で不思議な気持ちだった。

レイシーはウェインと他愛のない話を交えつつも、やっぱり看板をときおり見つめて、照れて頬が緩んでしまう。とうとう踏み出してしまったのだと、どきどきするし不安なのに、うっとりする。そしてそんな自分に気づいて恥ずかしくなる。

ウェインはまるでレイシーの心の隅っこまで見透かした顔をして、おかしそうにちょっと笑った。自分が土産に持ってきたお菓子をつまみつつ、「そういや、ダナ達《たち》に手紙を書いたってことは、ポスト登録はちゃんとできたんだな」と感心したように頷《うなず》いていたが、なにやら聞き覚えのない単語が聞こえた。

「ぽ、ポス……とうろ……?」

「……冗談だろ。竜便を利用したんだよな?」

「う、うん。プリューム村に収集用のポストがあるからそこに入れ……たんだけど」

竜便とは、竜の亜種である小型サイズの魔物、『仔竜《こりゅう》』に手紙を配達してもらうシステム、『竜のポスト便』のことである。レイシーが利用したのは村や街に配置されたボックスごと回収する一般便だが、貴族達は自宅に直接回収に来るという直通便を契約するのだという。さらに、ウェインのように国の要職に携わる者や、竜便を運営する魔物使い《テイマー》組合に認められた者はどこにいたって手紙を届けに来てくれるし、呼べば回収しにも来てくれる。

仔竜はとても鼻が利くため、一度覚えた人間の匂いは忘れないのだ。

と、いうこと程度ならばレイシーも把握していることだが、今現在ウェインが信じられないものを見るような、むしろ想定通りだったとでもいうような曖昧な表情でテーブル向こうのレイシーを見つめていた。無言が不安を積み重ねていく。ごくん、と唾《の》を呑み込むと、胃の奥がごろごろした。何かおかしなことをしてしまったのだろうか。

レイシーは挙動不審に視線をきょろつかせたが、気弱な彼女は仲間達に手紙を書く上で多大な勇気と膨大な下調べを行ったのだ。まさか間違っているわけがない。必死に強い気持ちを持とうと思った。

「そ、それがどうしたの？　私、ちゃんと手紙に書いた住所を何度も確認してポストに入れたもの。ちゃんと届いていると思う！」

「……まあ、届くだろうな。でも届いたら次は返事がくるだろ？　家のポストを登録してなきゃ、仔竜が返事を届けることができないだろ……」

そして一瞬で崩れ落ちた。

「て、手紙なんて今までウェイン以外からもらったことがないから考えもしなかったわ……」

「魔術で作ったあれだな。レイシーがすると殺しにかかってくるようなスピードで来るから竜便にした選択は間違いなかったな。よくやった」

「う、うう……！」

小さなことでも褒めてくれるウェインである。しかしレイシーがポンコツすぎるともいえるのでちょっと切ない。進んだつもりが勢いよく落とし穴にはまっていた心情なので、できればそのまま穴の中に入っていたい。

「ポスト登録は住所を魔物使い組合に送っときゃいいだけだから簡単にできる……って待て、そもそもこの屋敷にポストがあるのか？」

すでにレイシーは瀕死《ひんし》である。手紙の返事をもらうためには、まずポストを作るところから、なんて想像の範疇《はんちゅう》外だ。両手で顔を覆って無言のまましおれるレイシーを見てウェインは必死に励ましている。

「ま、まあ、レイシーが暁の魔女ってことなら、俺と同じくポストなしで個人として登録してくれるかもしれないな。だめなら作ればいいだけだ、そう、作れば！」

まかせろ、とレイシーの肩をぽんぽんと叩《たた》いている。彼は屋敷の屋根を直すことができる上にポストまで作れてしまう万能系勇者である。手先が器用すぎるのではないだろうかとレイシーも薄々感じているが、今はそれを言っている場合ではない。

「そうよね、そうこうしてる間に、返事が来るかもしれないし！　落ち込んでる場合じゃないわ！」

「そうだそうだ」

「でもそもそも返事なんて来ないかもしれない。私が一人調子に乗って、乗って、乗りまくっているだけなんじゃないかしら……」

「上がったり下がったり忙しいな……」

とりあえず茶でも飲めよとウェインから勧められた紅茶を口に含みつつ、しおしおになっているレイシーのもとに突撃する勢いでやってきたのはティーとイノシシだ。「キュキュキュキュキュキュイーッ!!」「ぶんももぶんももぶももももー!!」思わず紅茶を噴き出しそうになってしまった。

「ど、どうしたの二人とも?」

二人というか二匹だなと呟《つぶや》くウェインはとりあえず置いておいて、レイシーは血相を変えてやってきた二匹に驚き立ち上がって駆け寄った。するとイノシシのもふもふとした背中に、一匹の魔物が埋もれていることに気がついた。ティーが、きゅいきゅい、とあっちを見たり、こっちに羽を動かしたり忙しい。見ているのは畑の方向だから、見つけた、イノシシを呼んだ、そして運んだ、と言いたいような気がするがなんとなくである。

イノシシの背中でぐったりしている小さな魔物は意識を失っているようだった。大きな怪我《けが》をしているというわけではないが、疲れ切っているのだろう。

「……この子」

イノシシの背を覗《のぞ》き込みながらレイシーは眉をひそめた。その後ろからウェインも高い背を屈《かが》めつつ、にゅっと顔を出している。どうやらウェインもレイシーと同じように反応に困っているらしい。なんせ、先程まで話していた魔物だからだ。

「間違いない。仔竜だな……」

ぷすぷす、と返事をするように竜の鼻が膨らんだ、ような気がした。

――これがレイシーと長い付き合いとなる一匹の魔物との出会いだったのだが、このときはもちろん誰も知りはしなかった。

＊＊＊

「ぴゅいぴゅぴゅぴゅ、ぴゅぴゅぴゅぴゅぴゅう！」

むしゃむしゃ、と山のようなニンジンをごりごり生のまま いただいているのはすっかり元気になった仔竜である。レイシーの屋敷の裏にはたんまりと薬草畑が広がっていて、魔物達にとって、それがなによりのごちそうらしい。

初めは仔竜も無心に与えた薬草を食べていたのだが、くるっとお腹《なか》を鳴らしたかと思うときょろきょろと周囲を見回し、丁度家の中に運び込もうと思っていたニンジンの木箱に突撃した。

頭だけつっ込んで小さな体でそれ以上動けもせずじたばた暴れていたため一体何をしたいのかと困惑したが、なんとか助けて、ついでに家に上げてやってニンジンを皿に載せて渡して今に至る。

「……ウェイン。この子、何度見ても仔竜よね？」

「そうだな。でも、成体よりも少し小さいような気がする。まだ子どもなんじゃないか」

屋敷の台所で座り込みつつレイシーは仔竜を観察した。

ティーとイノシシも初めは元気いっぱいに食事をする仔竜を心配して『そんなに食べたらお腹を

壊さない？　大丈夫な感じ？』と、うろうろのしのししていたが、自分達も昼ごはんの時間だと気づいたのか現在は視界の端で薬草と野菜のサラダをかき込んでいる。誰も盗《と》らないのでもうちょっと落ち着いて食べてほしい。

「けぷっ」

仔竜はとうとう満腹になったのか、ぽんぽんに膨らんだお腹を上にしてころんと床の上に転がった。

大きさはティーよりも少し大きい程度だが、ティーも成長中であることを考えると最終的には同程度の大きさになるのかもしれない。深緑の鱗《うろこ》はつやつやとしていて、今は満足そうに伏せられている真っ黒な瞳はくるくるとしていて大きい。背中には体と同じくらいの大きな翼もついているから寝っ転がって邪魔にならないのだろうかと不思議に思ったが、そこは器用に自分で居心地のいい角度を作っているらしい。

うにょうにょ、ふにょふにょ、と仔竜は床の上でくねくねしている。

「………まったりしているな」

「そうね……」

レイシーはウェインと視線を合わせて頷いた。ちょっと警戒心がなさすぎるのではないだろうか。もしくはここに来たときは随分消耗している様子だったから、薬草では回復しきらない部分をなんとかしようとしているのかもしれない。

「なあ、一応聞くけどどこから来た？　帰る場所はわかるか？」

「ぴゅおお……」

「こりゃダメそうだな……。とりあえず、迷い竜であることはたしかだな。魔物使い組合に照会の手紙を送ってみよう。こいつがポスト便の竜だってんなら、すぐに飼い主が見つかるだろ」

「うん。ありがとう。お願いするわね」

頼りがいのある言葉だ。レイシーからの肯定の返事を聞いてウェインは立ち上がり、窓の外に向かって口笛を吹いた。すぐさまウェイン専任のポスト便がやってきた。したためておいた手紙を渡して特急でと願ったから、返事が来たのはその次の日だ。

これならウェインが休暇を終えて王都に戻る予定の日までになんとか解決しそうだ、とほっとしながら返事の手紙の封を開いたのだが。


——現在、行方不明の仔竜は存在せず。

レイシーとウェインはただ二人で手紙を握りしめて顔をしかめた。背後ではキュイキュイ、ぶもぶもと楽しそうに三匹が遊んでいる声が聞こえた。

＊＊＊

さて、新入りよ！　我らの仕事を説明しよう！

と、びしりとティーは羽を広げて、「ンンキュウイイイッッー！」と叫んだ。畑の端っこでぺとんと座り込んでいる仔竜はぴゅう？ と首を傾《かし》げている。力尽きて倒れていた仔竜のピンチは自分が救ったと考えているので、それならば自分の下っ端であると考えているティーである。先輩として、後輩に威厳を見せる必要性を感じていた。イノシシは「ぶもぶも」と温かい目でティーを見守っている。

「キュイッ、キュイッ、キューーーーイッ！」

レイシーの！ 畑を！ 狙う敵を！ 殲滅《せんめつ》する！

ビシッ、ビシッと羽を動かしティーはポーズをつけている。

レイシーの畑は魔物にとってとにかく魅力的だ。レイシー本人は知らぬことだが芳醇《ほうじゅん》な彼女の魔力が土に含まれることで薬草は変異し、魔物が食べれば食べるほど力を増す。それを狙う魔物があとを絶たず、現在は未《いま》だ確認はされていないが人間も敵として現れる可能性もある。そのために日々警戒し、力を蓄えるためにもしゃもしゃ薬草を食べる必要があるのだ。

「キュインッ、キュウキュイッ！」

「ぶも」

「ぴゅう？」

こうして索敵を行いつつおいしそうな薬草があればもしゃっとする。いわゆる味見である。これも重要かつ若芽ではなく育ちきったものを狙って、よりよい薬草を作ることができるように剪定《せんてい》を行う。

難しいだろ！　こうだ、こうだ！　ここだ！　と、説明してつんつこくちばしでつついて食べる。イノシシものっそり動いてもしゃもしゃした。首を傾げつつ仔竜も倣う。レイシーからすれば三匹は遊んでいるように見えるが、決して遊んでいるわけではないのだ。常に本気である。

「あの子が竜のポスト便の魔物ではないとすると、野生、ということ……？」

「仔竜が野生として生息しているという話はあまり聞いたことはないが、可能性としてはありえるな。さてどうするか」

レイシーとウェインはなにやら難しい顔をし合っているが、そんなことはティー達の知ったことではない。あっちの警戒が不十分だ、畑を守るための戦術を再考せねば！　と叫ぶティーにイノシシが力強く頷く。

「テイムできる魔物は討伐対象には当たらないけれど、そのまま自然に帰してもいいものかねぇ」

「多分あの子はまだ子どもだろうから、親が近くにいるかもしれないわよね……」

「うーん……」

神妙に話し合うレイシーとウェインとは対照的に魔物達も忙しかった。発見だ！　とティーがきゅいきゅいした。新種の薬草が生えている。そしてなんだかとってもおいしい。なんだって!?と三匹全員で飛びつき、お尻を振りつつ、もしゃもしゃつんつん食べている。

「仔竜はポスト便をお願いするくらいだから、賢いし乱暴な種族じゃないのよね……放っておいても大丈夫だろうけど、でもやっぱり気になるというか。二匹も三匹も今更同じだし……」

「この屋敷、広いもんな。せっかくだし名前もつけてレイシーがテイムしたらどうだ？」

「な、名前をつけるのはちょっと、そこまでは……」

「まあ、宿を貸しているってくらいでもいいのかもな。……ところであいつらめちゃくちゃ食ってるけどいいのか？」

ウェインが問いかけて人差し指を向けると、三匹は振り返りレイシーと視線を合わせた。ぴたりと動きを止めている。

レイシーはしばらく考えた。

「うん。いつも助けてもらってるしね。みんな限度は知っているみたいだし」

レイシーが答えた瞬間、さらに勢いを増してもぐもぐ食べる。すでにレイシー達を見てすらいない。「レイシーがいいってんなら、いいか……？」と首を傾げるウェインに苦笑しつつ、レイシーは仔竜の親を捜すためにどうすればいいのかとさらなる解決策を練ることにした。


ほっぺを薬草でふくふくに膨らませていた仔竜だったが、唐突に「ピキャアッ！」と悲鳴を上げたのは、そのすぐ後のことだ。

自分自身の大切な任務を思い出したのだ。怪我と体力の回復を優先するあまりにすっかり思考の外になっていたことを思い出し、尻尾を支えにして器用に二本足で立ちながら、わなわなと両手を震わせている。新入り、どうしたとティーはキュイッと先輩風を吹かせた。仔竜はあわあわとティーに伝えた。

「ぴゅぴゅぴゅぴゅぴゅぃー！　ぴゅぴゅい、ぴゅぴゅぴゅー！」

「きゅ、キュオオッ!?」

「ぶももぶもお!?」

「あいつらなんだか楽しそうだな」

「仲がいいみたいでよかったわ」

彼らのピンチ感などまったく伝わるわけがないので、レイシー達はほのぼのと三匹を見ていた。温度差が激しい。

ティーは焦る仔竜が伝えたいことをまとめた。つまり仔竜は『大切なもの』を運んでいる最中、魔物に襲われてしまって、命からがら逃げてきた。『大切なもの』はそのとき落としてしまったけれど、匂いを覚えているから場所はわかる。なんとかそれを回収しなければいけない、と切に訴えている。

体力が回復しお腹もいっぱいになった今、取り返しに行かなければいけない、と主張する仔竜を見て、ティーは「キュオッ!?」と叫んだ。だいたいの場所を確認したところなんと山一つ向こうで、幼い魔物が簡単に行ける距離ではない。

待ってろ、とティーはばさばさ羽を振って仔竜を制した。そしてちょこちょこ歩いてレイシーの足元にたどり着く。

「うーん、仔竜は鼻がいいのよね……。あの子の匂いを親に……広範囲に……でもどうやって……あら、どうしたのティー？」

「キュウウオッ!?　キュオッ、キュオオオオンッ」

「ごめんね、今ちょっと忙しいから。踊りなら後で見てあげるからね」

そして悲しく帰ってきた。

身振り手振りでレイシーはティーやイノシシの言いたいことをなんとなく察することができるが、所詮はボディランゲージ。だいたいなので細かすぎる内容は伝わるときと伝わらないときの差が大きいし、緊迫感を伝えるべく力強く羽を動かした結果、ただ激しいダンスを見せつけたいだけと捉えられてしまったようだ。悔しさと切なさがティーの胸の中で入り混じった。

仔竜だけで難しいのなら、レイシーの手を借りようとしたがそもそも話すらも伝わらなかった。どうやらレイシーは別のことに夢中でタイミングも悪い模様だ。「ンキュイ……」と、しょんぼりするしかない。が、「キュオオッ!」今度は勢いよく両羽を空に掲げた。仔竜が新入りというのならば、先輩は後輩に力を貸すべきだ。

――自分達三匹で、落としてしまった『大切なもの』を取りに行こう!

そう叫ぶティーに、仔竜はきらきらと瞳を輝かせた。仕方ないなぁ、とばかりにイノシシはぶもぶも首を振っている。けれども止める気はもちろんない。ティーは自慢の羽をはばたかせて、仔竜も元気いっぱいに空を飛ぶ。イノシシは激しく土埃《つちぼこり》を巻き上げながら二匹を追いかけた。

ぶつぶつと呟いて、ああでもない、こうでもないと何かを考えているらしいレイシーは、そんな三匹に気づかなかったが、「大丈夫なのか? あいつら」とウェインは腕を組みながらも遠ざかっていく三匹の背中を見つめていた。

野を越え山を越え、三匹は走った。そして飛んだ。

あらかたの方向と距離は目星がついていたためティーを先頭にして三匹の旅は始まったのだが、意外に素早く仔竜がぴったりとついてくるものだから、これくらいなら、もうちょっとだけならを繰り返してぎゅんぎゅん風のような速度で三匹は進んでいく。

イノシシの雄叫《おたけ》びのような威嚇により下手な魔物は散り散りになって消えていった。ブルックスに捕獲された過去はあるものの、実は彼は歴戦のイノシシなのだ。

そろそろ目的地にたどり着く。『大切なもの』を見つけるためにティー達は高度を落とし、森の中に飛び込んだ。


——ウキャキャキャキャキャキャッ……。


すると奇妙なことに、森の中には不気味な声がこだましていた。

鬱蒼《うっそう》と茂る木々の中は微《かす》かな木漏れ日がある程度で薄暗く、昼間であることを忘れそうになる。右から、左から、上から、下から。ウキャウキャと声はどこまでも反射し、ティー達をあざ笑っているようだ。

異様な鳴き声を前にして、仔竜はぴゅるぴゅると情けない声を出して縮こまっていた。『大切なもの』は魔物に襲われて落としてしまった、と言っていた。つまり、こいつらが。

「キュウーーーー！」

おい、お前ら！　そういった意味合いでどこぞから聞こえてくる声に対してティーは叫んだ。ウキャキャキャ……。聞こえてきた返事はこちらの神経を逆なでするだけだ。

唐突に、森がぐん、と動いた。しゅるしゅると伸びる蔦《つた》や木の枝は複雑に絡み合い、森に空を閉ざす『天井』を作り、移動を狭める『壁』を作る。そうしてあっという間にティー達三匹を森の中に閉じ込めてしまった。

まるで森自身が生きているかのような動きにティーは愕然《がくぜん》とした。

「ウキャキャキャキャ……」

驚く三匹の前に、一匹の魔物が四足でのそりと登場した。「ウッキャーーーッ!!」もちろん猿である。ただし凶暴さを表したような鋭い爪や、猿よりもさらに悪知恵が働くその種族はケイパーモンキーと呼ばれる魔物だ。常に集団でチームワークを主軸として行動し、一匹いたら二十匹はいるといわれている。ガクガク震えている仔竜の様子を見たところ、仔竜が彼らに襲われたのは間違いないだろう。

「ウッキャキャキャーーーーキャキャキャッ！　ウンキャキャキャキャー！」

「キュオ!?　キュオオオンッ」

「ぶんもー！」

「ぴゅいい……」

さて、ここでとてもわかりづらいため、彼らの言葉を解説してみる。

「やいやいてめぇラ、くせぇくせぇぜ、人間どものくっせぇ臭いがプンプンするぜ。俺のだいっきらいなタイプだ！　魔物のくせに人間の臭いをこびりつけてやがるだなんて、魔物の風上にもおけねぇナ。ここに来たことを後悔させてやんよォ！」

と、ケイパーモンキーが喧嘩《けんか》を売って、ティーが「お前に嫌われたところでこっちは痛くも痒《かゆ》くもないんだけど！」と怒って、「そうだそうだ」とイノシシが加勢し、「みんな争わないでェ……」と仔竜がひんひんしていた。

以降、ややこしいので全て翻訳とする。

「俺達ケイパーモンキーは人間にすみかを追われたんだヨ……人間どもには恨んでも恨んでも、恨み足りねぇ気持ちがある……だからな、お前らのように人間の臭いをぷんっぷんにつけた魔物は許せねぇんだよナ……！」

「そりゃご愁傷様だけど、お前にひどいことをした人間とこっちは無関係だよ。なんでもかんでも嚙《か》みつくのはやめてよね」

ティーだって人間に恨みはあるが、レイシーがいたからこそティーが生まれた。彼女がいなければ、ティーの親は閉ざされた部屋の中でいつか朽ち果てていただろう。心の中にある恨みは簡単に吞み込めるものではないが、全ての人間が悪だと思っているわけではない。

「まあそうだな。俺もあの筋肉ダルマにやられたときは死を覚悟したが」と、イノシシが頷きながら思い出しているのはブルックスのことだ。彼はあと一歩でブルックスの晩ごはんになるところだった。

「しかしそれは俺の力不足が原因だ。戦って敗れたのだから仕方ないと俺は認識しているが、すみかを追われたというのならばお前達の胸中は察するに余りある。気の毒なことだ。だが、こんな幼子にまで嫌がらせをする必要はないだろう」

「そうだよ。仔竜の『大切なもの』ってのも、どうせお前らが盗ったんだろう！　この子の大切なもの、さっさと返してあげなよ！」

ぶもぶも、きゅいきゅい。ぷんすこぷんすこ。

ぴゅいィ……と仔竜はきらきらとした瞳でティーとイノシシを見つめている。自分のために怒ってくれている魔物達に思わず胸をときめかせていた。

「ハァン？　大切なもの？　知らねぇナァ？」

こちらの主張を軽やかにかわしながら笑うケイパーモンキーだったが、ティー達に見せつけるがごとく、ぷりりとお尻を向けた。真っ赤で可愛《かわい》らしいお尻だが、背中にはサイズの合わない小さな肩掛け鞄《かばん》がぷらぷらしている。

「そ、それは、ぼぼぼぼ僕の鞄じゃないかーーーーッ！」

「何言ってんだヨ。これは『俺の』鞄だ。人聞き……いや、魔物聞きが悪いことを言うなよナ」

「そんなわけないよ、だって間違いなく僕の匂いがするもの！」

混乱のあまり翼をばたばたさせて叫ぶ仔竜の反応を見て、フフンとケイパーモンキーは嬉《うれ》しげな顔をしている。

「違うな、落ちてたからもらってやったんだヨ。俺は賢いケイパーモンキーの長だからな。知ってんだぜ。仔竜って種族は人にへぇこらして、ポスト便なんてわけがわからねぇ仕事を手伝ってやがる。テイムされる魔物全てが俺にとっては敵だが、お前はさらに問題外だ。存在自体が耐えられねェ！　俺達の縄張りを通ったのが運のつきってやつだ！」

てめぇラ！　とケイパーモンキーは森に叫んだ。一斉に森がざわつきながら動く。ティー達はぞっとして周囲を見回した。そこにはぎらぎらとした瞳をきらめかしながら何十匹、いや、その数倍もの魔物達が木の枝からティー達を見下ろしている。

ケイパーモンキー一匹を見かけたのなら、二十匹はいる。それならば、二十匹を見つけたら？

ウキャキャキャキャッ！　と逃げ出すこともできない森の中で笑い声が響く。人間だったなら、おそらく舌を打っていた。けれども彼らは人間ではない。だから。言葉で通じ合わないというのならば。

拳で、語り合うしかない。

＊＊＊

「ウッキャーキャキャキャキャッ！」

ケイパーモンキー達は素早さを駆使して木々の間を飛び回った。

森は彼らのテリトリーだ。逃げようにも『森の壁』に阻まれ、ティーの炎を吐き出せばその箇所だけぽかりと穴があき、器用に避けたと思うとすぐさま元通りになってしまう。

森の猿とも呼ばれる彼らは植物を自在に操り、ティー達を攻撃した。

戦闘能力のない仔竜は敵からは戦力外とみなされているのか、攻撃はティーとイノシシに集中しているのは幸いだ。

「キュイッ、キュイッ、キュイッ！」

避けて、避けて、意味がないと思いつつも炎を吐き出す。そうすれば突破口が見つかることを願うしかない。

ティーに演説をかましたボス猿の目印は似合わない肩掛け鞄だ。ティー達の悔しげな顔を見たいのか、猿は姿を隠すことなく尻を振り続けている。一回、挑発に乗って炎を叩きつけてやったがあっさりと避けられ、さらに頭の上にはぼとぼととドングリやイガグリやらが投げつけられた。

攻撃力はほとんどない。けれど、勝負とするなら圧倒的に不利である。彼らの勝利はティー達が鞄を取り返すことを諦めて降伏することだ。三匹と百匹の根比べに勝てる気配などどこにもない。

「キュオオ……」

ボス猿を叩きのめす。しかしそれ以外にも、この戦いにおける勝利条件は実は他にもある。

ティーは攻撃をかわしつつも静かに仔竜に伝えたが、ぶんぶんと仔竜は首を横に振った。いや、体が震えすぎて否定のために首を振ったのか、それともただ震えているだけなのかわからない。よくこれで飛べるものだと感心してしまう。

おそらくであるが、仔竜はティーに怯《おび》えていた。よくもこんな面倒なことに巻き込んでくれた、とティーが怒っていると考えている。もちろん決してそんなことはない。むしろ大したものだと思っている。

死と隣り合わせの生き方では、戦う力のあるティーができる選択よりも、仔竜ができる選択はとても少ない。なのにこんなに怖がりながらも『大切なもの』を守るためにやってきた。

「ンン……キュオウッ!!」

できないことをしろとは言わない。できると思うから言うだけだ。仔竜はくるくるとした瞳をしょぼくれさせていた。けれども、はっきりと自身の目的を思い出した。

＊＊＊

愚かな魔物達である、とケイパーモンキーは赤い鳥をあざ笑った。姿はコカトリスに似ているが、伝説の魔物、フェニックスの幼体だと気づいたのは戦いが始まってしばらくのことだ。

初めは仔竜に苛立《いらだ》ち、大切そうに抱えていた鞄を盗んでいじめてやろうと思った。もっといたぶってやりたいと思っていたのに、逃してしまったことには後悔した。だから鞄を取り返しに戻ってきたと気づいたときは、思わず小躍り、ならぬ猿踊りをしてしまった。

そして伝説の魔物のくせに、人間ごときと仲良くしているフェニックスは仔竜よりもさらに気に食わない。

単純な力ではフェニックス、また意外にもよく動くワイルドボアに勝つことなど到底できないが、降伏させることならできる。三匹を百匹で蹂躙《じゅうりん》する。必要なものは時間と根気だ。ケイパーモンキーは勝利を確信していた。

　しかしどうにも相手の様子がおかしい。

「キュオオオオオッ！」

　フェニックスの雄叫びには何の意味もこもっていない。自身を鼓舞するかのような鳴き声だ。そんなものをしたところで、体力を消耗するだけだろうに。

　そしてフェニックスの声に呼応するように、ワイルドボアが同じく雄叫びを上げたかと思うと、温存していた力を振り絞るようにケイパーモンキーの周囲にある木々の幹へと突撃を繰り返した。

　どしどしと揺れた木々の上でバランスを崩して幾匹かの猿が落っこちたが、落ちた猿はすぐに幹をよじ登るだけで、これも無意味な行為に思える。

　何を考えているのかと疑問を抱いたが、その隙にフェニックスがケイパーモンキーをまるまる包み込んでしまいそうなほどの燃え上がる特大の火の玉を吐き出した。距離をあけてもじりじりと肌を焼く恐ろしいほどの高温が迫りくる、が。

「ウキャキャキャキャキャッ！」

　なるほど、と笑ってしまった。ワイルドボアの行動で隙を作り、その間に溜《た》めた威力で火の玉をぶつける。しかし、だ。彼らは何もわかっていない。でかいほど避けやすい。木の枝を操り、ついでに自分の体もくるんと回った。長い尻尾をふりふりさせて余裕の仕草を見せつける。

　そのとき、ケイパーモンキーは奇妙な違和感を得た。

「ウキャ、キャキャキャァ!?」

たしかに肩にかけていたはずの鞄がどこにもない。一体どういうことだと見回すと、仔竜がケイパーモンキーが持っていたはずの鞄を抱きしめ、しゅるしゅると背中から地面に落ちていく。

フェニックスが吐き出した特大の玉の後ろに隠れていたのだろう。そしてケイパーモンキーが避けた瞬間、鋭い爪で紐《ひも》を切り裂き盗み返したのだ。

「ウキャッ、キャッ、キャァ……」

怒りに震えた。尻尾の先までがぴんとして、顔を真っ赤にさせた。盗みは彼の専売特許であるはずなのに。

けれどもたとえ翼を持っていようとも、この猿の森の中からは逃げることはできない。あらん限りの雄叫びを上げ、ケイパーモンキーは森に仔竜の鞄を取り返すように指示した。そして、痛い目を見せてやるようにとも伝えて。

＊＊＊

ケイパーモンキーから取り返した鞄を抱きしめながら、仔竜はふと奇妙な感覚の中にあった。

（頑張れよ、応援してるからな。君がすごいということを僕は知っているんだから）

それはこの旅を始めたときに伝えられた言葉だ。

鞄をなくさず守り抜かなければならなかった。魔物に襲われてなくしてしまったとき、怖くて仕方なかったから鞄のことなんて忘れようと思った。でもやっぱりできなかった。すごいと言ってくれた彼の期待に応えたかったから。

（この鞄に、きっとこれからたくさんの言葉が詰められるんだろう。そんな小さな翼なのに、海だって、もしかすると国だって越えていく）

はちきれてしまいそうなほどの言葉をいっぱいに鞄に入れて運ぶんだ、と彼に言われたとき、不思議と誇らしい気持ちになった。仔竜は今はただの臆病な仔竜だけど、この鞄があれば弱い魔物ではなく、もっと強い何かになることができるような気がした。


仔竜が力強く鞄を抱きしめている間も、仔竜を摑《つか》み取ろうとぐんぐんと木の枝とつるが伸びてくる。氷のように硬くなって、ガチガチだったはずの翼がゆっくりと溶けていくように自由に翼を動かせる。

ケイパーモンキーが操る植物から逃げるなんて簡単だった。落下していく体を反転させ真《ま》っ直《す》ぐに突き進んだ。今更何を、とでも言うようにケイパーモンキーは笑っている。

「キャキャッ、キャキャアッ……!?」

その余裕の表情が、驚愕《きょうがく》に変わったのは一瞬だった。

仔竜の背には、ティーが新たに作り出した火の玉が迫っていた。特に念入りに大きくした特大の火の玉は、ぐんぐんと風を吸い込み速度を増していく。尻尾がじりじりと焼けるように熱い。作戦を聞かされたときは無理だと首を振った。でも、できるはずだと伝えられたティーの瞳は彼とよく似ていた。

悲鳴を上げながらケイパーモンキー達はわさわさと木を動かし、自分達が燃えないように逃げていく。今だ、と仔竜は鳴き声を張り上げた。空を円級状に覆っていた蔦の一部が、火の玉を外に逃すために慌てて穴をあける。その中に火の玉よりも速く飛び込んだ。

まるで光になったようだ。

真っ白になった視界の中で、仔竜はまた夢を見た。

竜なんて名ばかりの、戦う力も何もない仔竜という種族がポスト便唯一の魔物として活躍する理由はその類まれなる飛空速度による。

ただし幼いうちは求める速さを生み出すことができず、魔物に捕食されてしまうことも多い。だからこそ人は幼い仔竜を保護し、共存しているのだ。

実際には速さを生かす場を持つということに喜びと、鞄をとにかく早く届けることに楽しみを見《み》出《いだ》すも仲間も多い。しかし仲間達の誰しもが当たり前にできていることが、仔竜は恐ろしくてたまらなかった。

魔物に襲われたらどうしよう。手紙を届けることができなかったらどうしよう。なにより、大丈夫だと言われた信頼を裏切ることが怖い。

(本当に、臆病だなぁ、君は)

仔竜のぴいぴいした鳴き声に苦笑する声が聞こえる。

(君には類《たぐ》い稀《まれ》なる速さがあるのにね。こんな小さな仔竜がテストを受けるなんて初めてなんだよ。

ピアナ、本気を出した君には誰も追いつけない。いつかきっと、『竜のポスト便』で一番速い、最速の仔竜になるだろうさ――)

光が、溶けた。

はっとして、勢いよく体を捻《ね》じ曲げた。瞬間、空には火の玉が弾《はじ》け飛んだ。

どくどくと心臓が痛い。ぎゅっとさらに強く鞄を抱きしめ見上げた。

真っ青な空の中にいた。

「ぴあ……」

この喧嘩の勝利条件は、ボス猿から鞄を奪取すること。そしてその鞄を持って、森の中から抜け出すことだ。

作戦を告げられたとき、お前はさっさと逃げろとティーに言われた。残してきた彼らに不安はない。むしろ自分がいることが足手まといだったはずだ。だから問題は、ティーが言う通りに自分が正しく動くことができるかだ。

体中を空の青の中に溶け込ませて、ぶるぶると自分が震えていることに気がついた。それは恐ろしくてではない。やりきったと、自分にだってできたのだと喜びが体の中に溢《あふ》れていた。きっと、これから何があったって大丈夫だと根拠のない気持ちまで湧き上がってくる。いや、こんなことをしている場合ではない。今はとにかく逃げなければ、と翼を動かそうとしたときだ。

「ぴ、ぴきゃあっ!?」

抜け出してしまったことですっかり気を抜いてしまっていたことがよくなかった。いつの間にか仔竜の足を蔓《つる》が絡め取り、勢いよく引っ張って森の中に引きずり込もうとする。しくじった、と悔しい感情を呑み込もうとしたとき、ふと体が軽くなった。片手で人に抱きかかえられていた。

男は長い剣で仔竜にからみつく蔓をすぱりと切り落とし、無駄な動き一つなく球体の上を走る。そして仔竜を肩に担ぎ直したかと思うと、くるりと反転し、なんと猿の森の中に駆け下りた。少なくとも仔竜が知る人間の動きではないので、本当に人間かどうかも怪しい。

けれども思い出した。この人間は先程たしか、ウェインと呼ばれていた男だった。男は人間離れした身体能力で枝の上に飛び乗りつつもぴくりともしない。

「――で？」

ウェインは仔竜を開放し、周囲を見回しつつ肩に剣を載せて首を傾げる。

「三匹が妙にこそこそとしていたなと様子を見に来てみれば、どういう状況なんだ？」

キュイッ、ぷもーッ！　と二匹はぷいっと顔を背けた。あんまりごまかせてはいない。

ほう、とウェインは面白そうに笑いつつ、威嚇するケイパーモンキーに肩をすくめる。

「これは随分、多勢に無勢だな。悪いけど、こいつらはうちのやつらなんだ。――とりあえず、お仕置きの時間ってことでいいのかよ？」

剣をきらめかせながらにやりと口元を緩めた。

百対三が、百対四に。

たった一人が増えただけだ。でも決着がついたのは、あっという間のことだった。

叩きのめされ山積みとなってくるくると目を回すケイパーモンキー達を前にして、ウェインはため息をついていた。

「最初はさすがに馬に乗って追ったんだが、お前達が妙に込み入った場所を行くもんだから、自分で走るしかなかったんだよ。それで見失って森を見たら、変な緑の球体ができてただろう？」

ウェインが遅れて到着した理由を説明していたが、魔物達はつんとそっぽを向いている。人と魔物の関係などこんなもんである。ウェインも別に彼らだけでもなんとかできただろうから、助けたことに感謝をしてほしいと考えているわけではない。

「お前らは魔物なんだし、別に好きにすりゃいいと思うが……っておいこら!?」

ティーとイノシシはウェインを無視してすたこら帰った。どうしようかとおろおろしていた仔竜もとりあえず放っていくことにしたらしく、ぴゅんと誰よりも速く帰っていった。ぽつんと取り残されたウェインは、なんでだと叫びつつも走った。そして途中で放した馬を回収し、プリューム村に帰った。

一応、行きよりも速度は調節したらしく、ウェインとティー達がレイシーの屋敷にたどり着いたのはほとんど同時だった。

朝から昼を過ぎた程度の短い時間だったが、ちょっとした大冒険である。

さっさと消えてしまった三匹を心配してついてきたウェインだったが、レイシーにどう言ったらいいものかなと困りながら戻ってみると、「みんな、どこに行ってたの?」とレイシーはあっけらかんとした様子でお茶用のテーブルを外に出したまま、何かをまぜまぜしていた。こねこね、まぜまぜ。

＊＊＊

こころなしか朝よりもボロボロになっている三匹と一人は互いに顔を見合わせ、どこに行っていたのかというレイシーの問いにウェインが代表して、「ちょっと遠くまで」と返答した。

ぴゅうぴゅうとティーが吹けもしない口笛を形だけしてごまかしていたし、イノシシはぶるんぶるんと細い尻尾の房を振ってそっぽを向いている。仔竜は紐が切れた鞄を大事に大事に頬ずりしていた。何かがあったことは間違いないが、レイシーでもわかるほどごまかし方が下手すぎたため、逆にこれ以上聞く気も失《う》せてくる。

別にレイシーだっていきなり消えた三匹と一人を心配していなかったわけではない。でもきっと大丈夫だろうと信頼しているだけだ。なんてったってウェインがいる。それなら皆がいない間に自分ができることをしようと考えたら、やっぱり物を作ることだった。

こねこね、こねこねと白い粉を混ぜつつ、最終的に布で包んでむぎゅっとする。

「……それ、何をしてるんだ？」

「匂いをね、作ってみようと思って。その子、どこに帰ればいいかわからなくなってるのよね？　だったら迎えに来てもらうのが一番かなと。仔竜って、とっても鼻が利くんでしょう？」

仔竜はぴゅお？　とはたはた翼を動かしながら宙に浮いている。見覚えのない鞄が増えているから、それを取りに行っていたのだろうということに察しはついたが、結局行く先がわからなくて困っている事実は変わらないようだ。

「仔竜が竜のポスト便をしている理由は、飛行速度が速いこと以外にも遠くにいる人間でもわかる鼻の良さにあると聞いたことがあるから。だから、この子の匂いを詰めてみたらいいかと思ったの」

回復薬を作っている最中の失敗作と、匂い袋の特性の両方をかけ合わせれば、新しいものができるかもしれないと思ったのだ。それでも一番いい配合を考えると難しくていつの間にかこんな時間になってしまった。

ウェインとティー達は顔を見合わせて、よし、と腕をまくる。

「手伝うよ、何をしたらいいんだ？」

「キュオッ！」

イノシシも鼻をふんふんさせて、もちろん仔竜も大きな尻尾をびったんびったんと振っている。

「え？　大丈夫よ。疲れたでしょ、休んでて。ウェインも明日の昼過ぎには王都に戻るためにここを出なきゃだめだろうし……」

「邪魔になるんならやめとくけどな」

「そ、そういう意味じゃないわ！」

「わかってるよ。悪かったよ、ちょっと意地の悪い言い方をしただけだ。一緒にさせてくれ」

なぜだかどきりとしてしまった。

俺のそばにいてくれ、と言われたときのことを思い出して、レイシーの手からぼとんと布が落ちてしまう。けれども慌てて首を振った。

「……どうした？」

「な、なんでも……。うん？　なんでだろ、なんでもない。なんでもない……？　そ、そうじゃなくて、うん、手伝ってくれるっていうんなら、ありがたい、かな……」

心の中にあった違和感は、すぐに胸をなでて呑み込んだ。

なんにせよ、手は多いにこしたことはない。粉がうまく固まる配合はまだ見つけていないのだ。使う材料に目星はついているが、あとはちょっとずつ量を変えて試していくという地道な作業である。

ティー達が使うための足が短いテーブルもよいしょと準備して、レイシーは説明する。

「まずはボールに膨らし粉を入れて……。次に、柑橘類《かんきつるい》の汁を入れます。それぞれ柑橘の種類は変えるわね。そして水魔法で霧を作って、ちょっとずつ水を入れていくの」

それぞれスプーンやフォークを持ってこねこねと混ぜていく。もちろんイノシシは持てないので、ぶも！　ぶも！　と頭をボールにぶつけて中身を器用にシェイクさせていた。そんな方法でもいいのだろうかと思いつつもとりあえずスルーする。

仔竜はボールの中に頭ごとつっ込んでしまいじたばたと足を暴れさせてウェインが助け、ティーは「キュオオオーッ！」と苛立ちに悲鳴を上げていた。でも叫んだらすっきりしたのか、再度しゃかしゃか羽で混ぜている。

どうしたんだろうと思ったら、水が混じっているせいで嫌がっているのかもしれない。無理はしない方がと伝えてみてもぷいっとそっぽを向いてしまった。

なんだか珍しいが、それだけ頑張りたいということだろう。

「辛《つら》くなったらすぐにやめてね」

「キュオッ」

使っている水も少量だから、様子を見つつ本人に任せることにした。

それぞれ粉の量を変えて、どれが一番固まるのかも確認する必要がある。以前に回復薬を作ったとき、固形として持ち歩くことができないか考えてみたことがあったのだ。結果、食べづらいという難点があったため断念したが、食べることを目的としないのなら他に活用できるものはある。

こうして改めて色々試していると、やっぱり膨らし粉を多めにする方が安定した。あとは塩を入れたらさらに硬くなるようだが、今回はあえて抜くことにした。

「……で、レイシー。これは一体何を作っているんだ？」

「匂いをね、拡散させてみようかなと。この子がここにいるよってことをどこかにいる仔竜の仲間に伝えるの。広範囲に広げたいから空に打ち上げようと思うんだけど、そうなったら落下のことを考えないといけなくなると思うの。だから溶けてなくなってしまうものが望ましいんじゃないかな、と」

「うん……？」

普段の様子とは打って変わって、どこか饒舌《じょうぜつ》な様子のレイシーにウェインは首を傾げているが、楽しそうならいいかと続きを促す。

「それで？」

「うん！　この……えっと、とりあえず便宜的に爆弾《ボム》って名前にするけど、このボムはお湯に入れたら溶けるのよ。だから作るときに匂いのもとも練り込んでおけば、溶けたときに匂いも一緒にただようでしょ？　ボムを打ち上げるときに私が水魔法で包んで、さらに爆裂魔法をかける。そしたら遠くまで広がるし、落ちたとしても雨みたいなものだもの」

「……ちなみにそれはどうやって打ち上げるつもりなんだ？」

「……スリングショットとか？」

さすがにそんな武器は持っていない。「あー……」とウェインは考えた。

「おもちゃでいいんなら、アレンが持ってそうだな」

「それで！」

パチン、とレイシーは両手を合わせる。

相変わらずティーが苛立ちつつキュオー！　と鳴き声を上げて、すっきりして満足して、くるくるとボールの中を羽でかき混ぜている。かこかこ、かこかこ、と聞こえるのはイノシシの角がボールに当たっている音である。とりあえずアレンに借りに行くかとウェインは村に消えて、戻ってきたときには食料をたっぷり持っていた。なんとなく流れは想像がつく。

ボムにはたっぷりと花を練り込んで、レイシーの魔術を使用し乾燥させる。

塩を入れていない分、ぼろぼろと崩れやすいから布で包んで、ふんわりとただよう素敵な香りに仔竜は瞳をうっとりさせつつ鞄と一緒に懐で抱きしめていた。アレンは一体何に使うのかと首を傾げていたらしいが弟達のおもちゃを貸してくれたようだ。その頃にはとっぷりと日が暮れてしまったから、ウェインが作る夕ご飯に舌鼓を打ち、レイシーは夜の間に仔竜の切れた鞄の紐をつくろって、次の日の朝になった。

さて、とレイシーがおもちゃのパチンコを垂直に掲げて口元を引き締める。ウェインの方が高く飛ばせるだろうが、ボムに水魔法をまとわせながら撃ち抜くのでこれはレイシーしかできないことだ。

「行くよ……!」

原っぱの中でざわざわと葉っぱが風と駆け抜ける音を聞きながら、水魔法にさらに勢いを乗せるため風魔法を展開させ、すぱんっとボムを打ち上げる。

真っ青な空に向かってただただ真っ直ぐに上って小さな影になってしまったとき、レイシーは素早く杖《つえ》を取り出し呪文を口ずさんだ。

「いや待て。あのボム、中身はただの花じゃないのか。仔竜の匂いを入れてないぞ」

「……んっ!?」

ウェインが腕を組みつつボムを見上げる。すでに呪文は終了している。しまったとレイシーが声を上げた瞬間、激しい爆風が襲ってきた。レイシーの爆裂魔法である。「ぶもももももも」イノシシが必死で四足を踏ん張り、その後ろで仔竜は悲鳴を上げて、ティーはばっさばっさと羽を動かし

つつもひっくり返っていた。

吹き飛ばされないように屈みながら帽子のつばを押さえているレイシーの隣では、ウェインのみが微動だにせず、前髪だけがばたばたと暴れている。

「……なんでこんなことになったんだ？」

「できるだけ遠くまで届けないといけないなと考えていたら、思わず……」

「気持ちはわかるけど、この方法は封印だな」

おっしゃる通りである。念の為《ため》、屋敷の裏ではなく少し離れた原っぱに移動していてよかった。

少し遅れてやってきたのは、ふんわりとした花の匂いと天気雨のようなぽつぽつとした水だった。

「間違えたわ……」

「そう、だな……」

水だ水だ、と嫌がり逃げるティーとは相反して楽しそうに駆け回っているイノシシと仔竜を目の端で捉えつつ、人間二人は呆然《ぼうぜん》と呟く。これではいい匂いをばらまいたというだけだし、想像よりも香りの威力が弱い。風にあおられ、少しの余韻を残して消えてしまった。屋外だとやっぱり難しいんだなとため息をついて次なる考えを練ろうとしたとき、空に、一つの影ができた。

逆光で、姿はよく見えない。

レイシーは瞳をすがめて帽子のつばを持ち上げる。ぐんぐんと影は大きくなり、次にやってきたのはさらなる爆風だ。今度はウェインもレイシーの腕を引っ張り、自分の後ろに隠した。さらに反対の手では腰の剣に手を伸ばす。

大きな羽ばたきの音とともに空から下りてきたのは、人を乗せられるほどに大きな竜だった。実際に、竜の上には子どもがまたがっている。レイシーと同じか、もしくは少し年下という程度だろう。長い髪で片方の目が隠れているから顔はよくわからないが、体つきを見たところ男の子だ。少年がぴょんっと竜の背から飛び降りるとさらにウェインは警戒を強めたが、すぐに緩めた。

「……魔物使いか」

「はい！　あなたは勇者、ウェイン様ですね。竜のポスト便の個人登録をなさっていらっしゃる方の匂いは全て把握しています！」

ウェインはなんとも絶妙な表情をした。匂いを覚えていると言われて喜ぶ人間はあまりいない。レイシーもウェインの背から顔を出して確認すると、少年の腕には腕章が巻きつけられていた。そこには魔物使い組合のトレードマーク、竜と手紙の絵柄が描かれている。

「……ピアナ！」

少年は挨拶もそこそこに周囲を見回し、誰かの名を呼んだ。飛び出したのは仔竜だ。どうやらピアナとは仔竜の名前らしい。

嬉しそうにぴゅいぴゅいと声を出して甘えている様子で、少年も頬を緩ませながら受け入れていたが、「こらっ！　こんなんじゃ竜のポスト便になんてなれないぞ！」と必死に眉をつり上げている。ピアナは、ぴゅいんと情けない声を出して小さくなっているようだったが。

「……竜の、ポスト便……？」

「はい！」

首を傾げるレイシーに少年は元気に頷いた。

ウェインは竜のポスト便で行方不明になっている仔竜がいないかと問い合わせたが、いないという返答が来たはずなのに。

一体どういうことだろうとウェインと顔を合わせると、少年もレイシー達の表情の意味を察しかねてぱちぱちと瞬いている。

全員の疑問が解けたのは、この少し後のことだった。

＊＊＊

——つまり、ウェインが魔物使い組合に問い合わせたのが、早すぎたのだ。

ピアナは竜のポスト便ではなく、ただの魔物使い組合にテイムされた魔物だった。そしてポスト便になるための試験を行っている最中だった。試験内容は、鞄を守り試験官のもとまで届けること。

ウェインが魔物使い組合に確認した内容は行方不明の仔竜の確認だったが、ピアナはその頃、目下試験の最中で、行方不明と処理するには早すぎた。

そしてウェインの郵便を担当する仔竜はそれ相応の特急便だ。もう少し遅ければピアナの情報も組合に回ってきていたのだろうが、こちらが手早く確認しすぎてしまったがために情報を得ることができなかったのだ。

どういうことかと全員が顔を突き合わせている間に再度組合から届いた手紙で、やっと状況を理解することができた。

ピアナの飼い主である少年がすぐにやってきた理由は、レイシーが打ち上げたボムが原因だ。レイシー達はピアナの匂いを詰め込むことをすっかり忘れてしまったが、ピアナが自分で作って、さらに抱きしめながら眠っていたから、十分すぎるほどに匂いは染み付いていた。

もともとどこにいるのかは把握していたそうだが、あまりの衝撃に驚いて何があったのかと駆けつけてきたのだ。

「そいつは竜だよな、珍しい」

ウェインは少年が先程まで乗っていた竜を確認しつつ話した。

ピアナが仔竜とすると、大人と子どもなんてものではない大きさだ。仔竜と竜は名前を同じくするが、実際は別の種族である。ウェインが顎の下をさすりながら自分の背よりも高い竜を見上げると、竜はくるると喉を鳴らした。

「竜は竜でもウィンドドラゴンです。おとぎ話に出てくる伝説級のエンシェントドラゴンや、気性が荒いレッドドラゴンじゃありませんから。それより、そちらにいらっしゃるフェニックスの方がよっぽど珍しいですよ。僕、初めて見ました」

少年からきらきらとした瞳で見上げられたところで、ティーはどうでもよさそうにぽすんとレイシーの頭の上に移動した。つん、としている様子を見て困ってしまったレイシーだが、さすが魔物使いの少年は慣れたものなのか楽しそうにしている。

けれどもすぐに顔を引き締めて、足元にいるピアナの前にしゃがみ込んだ。

「……ピアナ。君、今回の試験の途中で鞄をなくしてしまったんだって？　もちろん不合格だよ。自分の場所がどこにいるかわからなくなってしまったみたいだし、近くにいる僕達の匂いもわからなかったんだろう」

ぴあ……と、ピアナは悲しそうにうなだれている。

「君は今まで僕が面倒を見てきた仔竜の中で一番の才能を持っているけど、いざってときがだめなんだ。もう一回、鍛え直しだよ」

「ぴゃーあ！」

「どうしたの？　なんだかすごく元気だね」

まかせろ！　とピアナは少年に飛びついた。

「行くときとは大違いだなぁ。君の中で何かいい出会いがあったのかな」

少年は微笑《ほほえ》みつつ片手でピアナを持ち上げ、そのままピアナと一緒にウィンドドラゴンに乗り込んだ。

「皆さん、ご迷惑をおかけしました。この借りは必ず！」

「ぴゃう！」

ドラゴンにつけた手綱を握りしめながら声を出す少年を見つめ、ティーはどこか悲しそうに小さな声を鳴らした。もしかすると、ピアナとはこれから一緒に過ごすものだと思っていたのかもしれない。

これからピアナはまた竜のポスト便になるための訓練を行い、いつかいっぱいの手紙を抱えながら新たな道を進んでいくのだろう。

ふと、レイシーは奇妙な仲間意識のようなものを感じてしまった。レイシーだって、『星さがし』としての一歩を踏み出したばかりなのだから。

「あの、試験に、合格したら！」

そう思ったら、思わず大声で叫んでいた。

「ポスト便として、また会いに来てくれますか……！」

言った後で後悔して、レイシーは耳の後ろを真っ赤にして唇を噛みしめたが、魔物使いの少年はピアナと確認し合うように瞳を合わせ、にっと頷く。

「もちろん！　あなた達の匂いは、きちんと覚えたそうですよ！」

ピアナの言葉を少年は代弁し、ぐんっと竜は飛び上がった。

叩きつけられるような風が来たのは一瞬だ。すぐさま竜は消えていった。嘘《うそ》のように静かになってしまった草原の中でレイシー達は、ただ彼らが去った空を見上げた。

どこまでも、真っ青な空だった。

＊＊＊

「そんなこんなで、そろそろ俺は王都に戻るわけだが」

独り言のように呟くウェインの隣には、一匹の魔物がいた。イノシシである。はっきりと表には出さずともこころなしか元気のないティーを慰めるために、レイシーは忙しくおいしい薬草を見繕っている。

ウェインは荷物をまとめ終えて念の為と屋敷のポストも設置して、さて最後に食事もまとめて作っていくかと台所で仁王立ちしていた。そのとき、我関せずといった様子でウェインに尻を向けてテーブルの下にすっこんでいるイノシシの姿が目に入った。

「なんとまあ、今回は少し大変だったよな」

イノシシならぬワイルドボアという種族の魔物だ。ウェインが伝えていることはきちんと理解できているということはもちろん知っている。

「妙なところでレイシーはこだわりが強いんだが、飼い主……ってわけじゃないが、ティーも一緒にいると似てくるもんかね。こっちは振り回されてばっかりだ。お前も苦労するな」

口ではそう言いつつも、ウェインはその苦労を少し嬉しく感じている。そのことを自分自身でも奇妙に思って困惑してもいるが、いつかきっと、自身の感情をはっきりとした言葉で理解できるような気もしていた。

イノシシの反応は相変わらずないので、ウェインは勝手に一人で話を続けることにした。

「お前も聞いていたかもしれないが、ピアナの名前を……いや、そのときはピアナ、なんて名前があることは知らなかったからな。レイシーに仔竜に名前をつけたらどうだと言ってみたんだ。でも断られた」

ピアナをどう扱うか相談していたときだ。

野性に返すのか、それとも屋敷に置いておくか。その場合、仔竜という呼び方だけでは不都合があったように感じたから軽い気持ちで尋ねたのだが、レイシーはどこか苦い顔をしていた。

「多分な、あいつは重しを持つことが怖かったんだろう。ティーに名前をつけたときだってそうだった。自分なんかが、と妙に怖がってな」

言葉を悪くすれば、責任を持つことをとにかく恐れていた。

ただそれは慎重であるともいえた。レイシーは今、自分にできないこと、できることを探っている最中だ。一つひとつ手を伸ばして確認をして、やっと安心して荷物を増やしていく。

見ている側としてはとにかくもどかしい。持っている荷物をぽんと持ってやりたくなる。でもそれは彼女のためではないから、我慢しようといつだってウェインは必死だ。腕を組む癖は思わず出してしまいそうになる自分の手を押さえるためだ。もちろん、押さえることができていないことは多々あるが。

だから、今もそうだ。

「なあ、俺がお前に名前をつけてやろうか?」

イノシシに名前はないから、誰からも何も呼ばれない。居候のように始まったが、今ではティーの家族のような存在だった。イノシシは返事をしない代わりにがたがたとテーブルの下で暴れた。

その姿を見て、ウェインはなんとなくイノシシが言いたいことに察しがつく。

しゃがんで下を覗いてみた。するとギロッと睨《にら》まれた。

「……お前、もしかしなくても俺のこと嫌いだな?」

「ぶもっ！」

「これだけは返事をするのか……。悪かったよ。最初のときはほら、レイシーを襲おうとしただろ？　だから、まあ、ほらな？　いや文句はブルックスに言ってくれよ」

イノシシはブルックスに肉の手土産として連れてこられたトラウマがあるのである。

「でもほら、不便じゃないか？　サクッと名付けてやるぞ」

「ぶもっ！」

「嫌か。レイシーを待つのか？」

「ぶもぉ！」

「そうか」

そんなら仕方ないな、とウェインは立ち上がった。

イノシシはふすふすと大きな鼻を鳴らして、ついでにばたばたと細い尻尾を忙しく振っている。

ぷいと背中を向けながら、イノシシにばれないようにウェインはなんとか笑みを噛み殺した。

エプロンを腰に巻いて厨房《ちゅうぼう》に立ち、何を作ろうかと考えたのは一瞬だ。すぐにリズミカルに包丁を動かして、頭の中では出来上がりを描いている。

もう少しでレイシーもやってくるだろう。食卓についた彼女の反応を想像して、ウェインは口元をほころばせた。

自分はこれからすぐに王都に戻らなければいけない。けれどもレイシーのことを考えると胸の中に力が湧いてくるようだ。

これが、新たなウェインの目的なのかもしれない。

魔王を倒したところで、世界は何も終わらない。それぞれ次の目的地へ向かって進んだり、止まったり、ときには迷ったり。

いつでもどこでも、新しい始まりは待っているのだろう。

あとがき

初めましての方は初めまして、雨傘《あまがさ》ヒョウゴと申します。『暁の魔女レイシーは自由に生きたい～魔王討伐を終えたので、のんびりお店を開きます～』をお手にとっていただき、本当にありがとうございます！

こちらの作品は「小説家になろう」というサイト様を通じて、第7回オーバーラップWEB小説大賞の金賞を頂戴し、書籍化させていただけることとなりました。

主人公レイシーは魔王討伐のために選ばれた国一番の魔法使いです。彼女は勇者達《たち》とともに数々の困難を乗り越え、魔王を打ち倒すために旅に出た……のは、もう過去のお話。本作ではその後の物語を描いています。

私は小説はもちろん、ゲームや漫画やアニメが大好きです。

幼い頃からうっとりどっぷりと物語に浸《つ》かり続けて参りましたが、勇者が魔王を打ち倒す英雄譚《たん》は特に何度も読んだ物語です。波乱万丈な旅を終えた、ページには書かれていない終わった後の物語は、一体どんなものなのだろうと想像したことは数知れず。英雄として国に残ってもいいし、旅に出てもいい。それこそ、『自由』に生きたらいいなと。

そんな気持ちから、『暁の魔女レイシー』を書かせていただきました。

話は変わりますが、他の方の作品を拝読した際、「ああ、面白いなぁ！　読んでいてとても素晴らしい時間だったなぁ！」と嬉《うれ》しくなる反面、同時にとても悲しい気持ちにもなります。なぜなら、その『素晴らしい作品』を読んでいない自分はもうこの世界には存在しないのですから！

こいつ何言ってんだと思われてしまいそうですが、素敵な物語を知ってしまったことで、世界から私が知らない素敵な物語が一つ減ってしまったというわけで……。できることならもう一度記憶を消して楽しませていただきたいのに、それはもちろん無理な願いです。いつもいつも、「ああ、読んじゃった……もっと読みたいのに読み切ってしまった……」と崩れ落ちます。けれども、その物語を読んでいる最中や、読み終わった後のしみじみとした幸せな感情は間違いのないものであり、今度は二度目、三度目と繰り返し読むという新たな楽しみまで与えてくれます。

私が書く物語も、いつかどなたかのそういったものになれたら、と思います。

最後になりますが、この場を借りましてお礼の言葉を申し上げます。

オーバーラップ編集部の皆様、また担当編集のH様。いつも丁寧にご指導いただき、本当にありがとうございます。本作を色鮮やかに、またレイシー達の楽しさがこちらまで伝わってくるような素敵なイラストで彩ってくださった京一先生。京一先生とのご縁をいただけたことは感謝の気持ちしかありません。そして、読者の皆様方。応援してくださる皆様のおかげで、こうして書き続けることができました。どうかまた、お会いできる日を心待ちにしております。

雨傘ヒョウゴ

次巻予告

一歩踏み出し、何でも屋『**星さがし**』を始めたレイシー。

前を向いた彼女のもとに新たな依頼が舞い込む。

それは、村の住人から。

——かつての仲間から。

臆病な魔女は
人との関わりの中で
少しずつ成長していく。
2023年夏頃発売予定
暁の魔女レイシーは
自由に生きたい〈2〉
～魔王討伐を終えたので、のんびりお店を開きます～

作品のご感想、
ファンレターを
お待ちしています

あて先

〒141-0031　東京都品川区西五反田 8-1-5 五反田光和ビル4階
オーバーラップ編集部
「雨傘ヒョウゴ」先生係／「京一」先生係

スマホ、PCからWEBアンケートにご協力ください

アンケートにご協力いただいた方には、下記スペシャルコンテンツをプレゼントします。
★本書イラストの「無料壁紙」　★毎月10名様に抽選で「図書カード（1000円分）」

公式HPもしくは左記の二次元バーコードまたはURLよりアクセスしてください。
▶ **https://over-lap.co.jp/824004185**
※スマートフォンとPCからのアクセスにのみ対応しております。
※サイトへのアクセスや登録時に発生する通信費等はご負担ください。

オーバーラップノベルスｆ公式HP ▶ **https://over-lap.co.jp/lnv/**

暁の魔女レイシーは自由に生きたい 1
~魔王討伐を終えたので、のんびりお店を開きます~

発行　2023年2月25日　初版第一刷発行
著者　雨傘ヒョウゴ
イラスト　京一
発行者　永田勝治
発行所　株式会社オーバーラップ
〒141-0031
東京都品川区西五反田8-1-5
校正・DTP　株式会社鷗来堂
印刷・製本　大日本印刷株式会社

©2023 Hyogo Amagasa
Printed in Japan
ISBN　978-4-8240-0418-5 C0093

※本書の内容を無断で複製・複写・放送・データ配信などをすることは、固くお断り致します。
※乱丁本・落丁本はお取り替え致します。左記カスタマーサポートセンターまでご連絡ください。
※定価はカバーに表示してあります。

【オーバーラップ　カスタマーサポート】
電話　03-6219-0850
受付時間　10時~18時(土日祝日をのぞく)

転生先が
気弱すぎる
伯爵夫人だった
～前世最強魔女は快適生活を送りたい～
Ageha Sakura
桜あげは
ill. TCB
OVERLAP NOVELS f
コミックガルドにてコミカライズ連載中
気弱からの大逆転!? 前世チートで理不尽全てをぶっ飛ばします!!
使用人に虐げられるほど気弱な伯爵夫人ラムは、頭を打ったことで前世の記憶を思い出す。なんと、ラムの前世は伝説級の魔法使いだった! 記憶とともに魔法の力も取り戻したラムは、快適生活のためさっそく行動を始めるのだが――――?

めでたく
婚約破棄が成立したので、
自由気ままに生きようと
思います
Riko Toma
当麻リコ
ill. 茲助
慰謝料で
のんびりカフェを
開きます！
OVERLAP NOVELS f

公の場で突然婚約破棄を言い渡された男爵令嬢フローレス。しかし当のフローレスは、「これからは自由に生きていける!!」と大喜び！　もらった多額の慰謝料を元手に、ずっと夢だったカフェ経営をスタート！　すると、騎士団の若き出世頭として有名な公爵令息ライアンが店に訪れるようになり——!?

第11回オーバーラップ文庫大賞
原稿募集中！
イラスト：冬ゆき
キミが物語の王様
【賞金】
大賞…300万円
（3巻刊行確約＋コミカライズ確約）
金賞……100万円
（3巻刊行確約）
銀賞……30万円
（2巻刊行確約）
佳作……10万円
【締め切り】
第1ターン 2023年6月末日
第2ターン 2023年12月末日
各ターンの締め切り後4ヶ月以内に佳作を発表。通期で佳作に選出された作品の中から、「大賞」、「金賞」、「銀賞」を選出します。
投稿はオンラインで！ 結果も評価シートもサイトをチェック！
https://over-lap.co.jp/bunko/award/
〈オーバーラップ文庫大賞オンライン〉
※最新情報および応募詳細については上記サイトをご覧ください。
※紙での応募受付は行っておりません。